Ilona Hofmann-Köhne • Blues 4600

Ilona Hofmann-Köhne

Blues 4600

Eine bitterzarte Ruhrgebietsgeschichte

FRIELING

Bibliografische Information der Deutschen Nationalbibliothek
Die Deutsche Nationalbibliothek verzeichnet diese Publikation in der Deutschen Nationalbibliografie; detaillierte bibliografische Daten sind im Internet über http://dnb.d-nb.de abrufbar.

Rheinstraße 46, 12161 Berlin
Telefon: 0 30 / 76 69 99-0
www.frieling.de

ISBN 978-3-8280-2940-8
1. Auflage 2011
Umschlaggestaltung: Michael Reichmuth unter Verwendung eines Gemäldes der Autorin
Foto der Autorin: Christa Leder

Prolog

Ich kann gar nicht genau sagen, wann das alles anfing. Ich vermute, es begann in der Zeit, als die Stones Sympathie mit dem Teufel bekundeten oder Don McLean den Tod seines Musikerkollegen musikalisch betrauerte. In jedem Fall war ich in einem tiefen Loch, und nicht nur in meinen Alpträumen kam ich da nicht mehr heraus, während über mir in dem hellen Rund alle mir bekannten Menschen über das Loch hinwegsprangen, möglichst schnell, um nicht selbst zu straucheln oder gar Leidensgenossen zu werden. Es gab hin und wieder ein paar hilflose Versuche von Leuten, die mich mit einer Flasche in der Hand hervorzuziehen suchten, deren Kraft aber nicht ausreichte, zwei freie Hände einzusetzen. In jenen Tagen brachte mir jemand eine Schallplatte, die er selbst geschenkt bekommen hatte, aber verständnislos nach zweimaligem Anhören nicht länger in seinem Besitz haben wollte, es aber nicht fertigbrachte, sie in die Mülltonne zu werfen. Auf dem Cover war ein großes Tier der Rasse Rind mit einem irgendwie traurigen Blick. Es schien mich anzuschauen und mir zuzumurmeln, dass ich ihm folgen solle. Nach tagelangem Zögern entschloss ich mich, nachzugeben, und legte die Platte zum ersten Mal auf. Solch eine Art von Musik hatte ich zuvor noch nie gehört. Ich schloss die Augen und ließ mich in sie hineinfallen. Als ich sie zum fünften Mal an diesem Tag angehört hatte, wobei ich die Rückseite völlig außer Acht ließ, wurde mir klar, dass dieses lange Musikstück wie ein Spiegelbild, eine Chronologie meines bisherigen Lebens war, eine eher vage Wahrnehmung nur, Umrisse von Ereignissen, doch deutlich genug, um mich im Innersten aufzuwühlen.

1

Die alte Straße, dunkel und schwarz, wo die Hoffnungen im Ruß ersticken, die Kinder schon alt und die Spiele brutal sind. Wo die Morgen grau sind wie die Höfe und der Wind immer denselben Staub aufwirbelt. Wo aus der Kneipe immer derselbe Geruch nach Rauch und Resignation durch die Straße weht. Wo das Leben immer draußen bleibt und die Gewöhnung Gewohnheitsrecht hat. Unsere Straße wie auch die der näheren Umgebung waren nach berühmten Dichtern benannt, deren Werke ja teilweise auch das Elend thematisieren. Die eher sensiblen Kinder aus den umliegenden Häusern trafen sich immer bei uns im Hinterhof, wo wir weitgehend verschont blieben von Horror auslösenden Kriegsveteranen, die heimatlos umherstreiften, aus naheliegenden Gründen verbittert waren und deren einziger Spaß darin bestand, Kinder zu erschrecken, indem sie in etwa einem Meter Entfernung von uns ihr Glasauge herausnahmen, es uns in der Hand hinhielten, dabei dröhnend und bösartig aus einem lückenhaften Mund lachten und wir schreiend davonliefen. Eine weitere Bedrohung stellten Kinderbanden dar, die in ihrer Verrohung eine gewisse Ähnlichkeit zu den Kriegsheimkehrern aufwiesen und denen wir allein lieber nicht begegnen wollten. Der Hinterhof war fast eine Oase inmitten des unheimlichen und erschreckenden Lebensraums, den wir für einige Stunden vergessen konnten. Die unvermeidliche Rückkehr in die Wohnung am späten Nachmittag ließ die atemlose Befreitheit schon im Treppenhaus verschwinden und das beklemmende Gefühl von Ohnmacht und Schwere ließ mich immer langsamer nach oben steigen.

Oben erwartete mich die Schneekönigin. „*Sie war aus Eis, aus blendendem, blinkendem Eis, und doch war sie lebendig, die Augen starrten wie zwei klare Sterne, aber es war weder Ruhe noch Rast in ihnen. Niemals herrschte hier Fröhlichkeit*“.[1] Meine Schwestern hatten sich inzwischen auch eingefunden.

Die Älteste hätte mit Leichtigkeit der Kopf einer der Kinderbanden

---

1 Aus: H. Chr. Andersen, Die Schneekönigin

sein können, wenn nicht der Altersunterschied zu groß gewesen wäre. Ihre schlechte Laune und ihr mürrisches Wesen hatten etwas Zuverlässiges und Beunruhigung hätte mich erfasst, wenn es einmal anders gewesen wäre. Ihr seltenes Lächeln war schief und ließ mich an einen Troll denken. Die Zweitälteste war ein flatterhafter Schmetterling mit großer Lebenslust, was jeden Tag den Zorn der Schneekönigin entfachte. Der Schmetterling versuchte, sich mit kleineren Verstößen gegen die strengen Anordnungen winzige Freiheiten zu erkämpfen, was ihm aber nicht wirklich gelang. Die Schneekönigin bestrafte, der Schmetterling bekam Risse in den Flügeln und weinte. Das Abendessen wurde wie gewohnt zu viert eingenommen, und als Erste wurde ich ins Bett geschickt. Es gab im Schlafzimmer zwei Betten, eins war ein Ehebett, in dem die Schneekönigin, der Schmetterling und ich schliefen, ich in der Mitte. Eine sehr ungünstige Position, wenn man einerseits wie ich nachts zur Toilette musste und andererseits von allen Seiten gekniffen werden konnte. Der Troll hatte ein eigenes Bett mit eigenem Tisch und eigenem kleinen Plattenspieler, den niemand anrühren durfte.

Pünktlich gegen Mitternacht erwachten alle, wenn in der Küche der Radau losging. Der unglückliche Ernährer dieser Familie kam nach Hause, wie immer promilleüberladen und hungrig. Es dauerte jedes Mal eine ziemliche Zeit, bis er es geschafft hatte, die Überreste des Essens warm zu machen und es an der richtigen Stelle einzuführen. Wenn dies geschafft war, warf er sich halb ausgezogen mit Schwung auf das Aufklappsofa in der Küche, um übergangslos in ein Schnarchen mit beachtlicher Dezibelstärke zu fallen. Der Schmetterling und die Schneekönigin blieben regungslos liegen und ließen sich nichts anmerken. Der Troll wirkte weit weg in seinem eigenen Bett und rührte sich auch nicht. Ich war immer froh, wenn ich es geschafft hatte, vor dieser traditionellen Zeremonie noch einmal auf die Toilette zu gehen. Ich hatte Angst vor diesem aufbrausenden Eisenhans. Die wieder eingekehrte Nachtruhe hielt meist nicht lange an und wurde nunmehr gestört durch meine gellenden Schreie, die stets das Finale eines Alptraums markierten. Beim Erwachen fühlte ich noch den verebbenden Schmerz in der rechten oder linken Seite, der durch das kurze, aber heftige Stechen eines gut gehärteten Fingernagels ausgelöst worden war.

2

Mein Schulweg war jeden Tag ein Abenteuer. Mit fast hundertprozentiger Sicherheit begegneten mir entweder marodierende Prothesenexhibitionisten oder bis zu 1,40 Meter große Al Capones, so dass ich durch das häufige Wechseln der Straßenseiten Zeit verlor, was sich aber mitunter ausglich durch kurze Sprints in annähernder Lichtgeschwindigkeit, wobei mir die Zöpfe um die Ohren flogen und der Schultornister auf meinem Rücken bedenklich schleuderte und zu entgleisen drohte. Mit etwas Glück hatten sich die Pausenbrote nach diesem Manöver nicht in ihre Einzelteile zerlegt und waren nur ein bisschen gequetscht, solcherart, dass die Margarine seitlich herausquoll und es so aussah, als hätten die Brote versucht, sich zu übergeben.

Einmal aber gab es eine Abwechslung. In der Nacht träumte ich, ein Mann in einem grauen Regenmantel mit einem grauen Hut auf dem Kopf und einer Aktentasche in der Hand verfolge mich auf dem Nachhauseweg. Ich lief im Traum schneller und der Mann auch. Ich rannte und der Mann auch. Ich erreichte die Haustür, aber der Mann griff mich am Kragen und riss mich zurück. Da wachte ich auf. Als ich von der Schule nach Hause ging, lief hinter mir ein Mann in einem grauen Regenmantel, mit einem Hut auf dem Kopf und einer Aktentasche in der Hand. Mir brach der Schweiß aus und ich lief schneller. Der Mann auch. Ich rannte und der Mann auch. Ich erreichte die Haustür, riss sie auf, sprang hinein und schlug die Tür hinter mir zu. Der Mann blieb draußen an der Tür stehen und presste sein Gesicht an die Milchglasscheibe. Ich raste die Treppe hoch und stürmte in die Wohnung. Die

Lungen fühlten sich an, als ob sie zerrissen, und ich, als ich anfangen wollte, atemlos das Geschehene zu erzählen, sah den Gesichtsausdruck der Schneekönigin, der mich augenblicklich von meiner Absicht abhielt und stummer Resignation wich. Von jenem Tag an hatte ich also einen potenziellen Feind mehr auf dem Schulweg und die Auswahl der Straßenseiten wurde langsam zu einem kniffligen Strategieplan.

3

Ein, zwei Häuser neben dem unseren wohnte ein seltsamer Vogel namens Bernard. Gerufen wurde er Börrnard, was auf eine englische Herkunft schließen ließ. Bernard war etwa 16, 17 Jahre alt, mager und in seinem spitzen Gesicht blitzten Augen mit einem irren Ausdruck darin. Er schien niemals langsam zu gehen, bewegte sich vielmehr in der Art eines Gummiballs voran, der bei jeder Berührung mit dem Erdboden erneut in die Höhe geschossen wurde. Bernard hatte ein eigenartiges Hobby. Unsere Straße war unterteilt durch eine Baumallee. Hinter einem der dicken Baumstämme pflegte Bernard sich oft zu verstecken und auf die Durchfahrt eines Kraftfahrzeugs zu lauern. Da es damals davon noch nicht so viele gab, konnte es sein, dass er ziemlich lange hinter dem Baum ausharren musste. Dann aber, wenn er ein Objekt erspäht hatte, das noch etwa 30 Meter entfernt war, sprang er hervor, warf sich auf die Fahrbahn und blieb still liegen. Die erschreckten Fahrer hielten mit quietschenden Bremsen, stiegen aus und gingen auf den Jungen zu, der in dem Moment hochschnellte, wenn sich die Besorgten über ihn beugten, und mit einem heiseren, wahnhaften Gelächter federte er blitzartig davon, offene Münder und manchmal drohende Fäuste hinterlassend. Bernards zweite Lieblingsbeschäftigung war nicht minder beunruhigend. Keine Ahnung, wie er es anstellte, aber er kletterte an den Häuserfassaden hoch und mehr als einmal bildete sich eine Menschenmenge auf dem Gehsteig. Die Frauen hielten sich die Hand vor den Mund, die Männer schüttelten die Köpfe und die Kinder starrten mit aufgerissenen Augen zu ihm hoch. Bernard tat ab und zu so, als verliere er den Halt, und quittierte die Entsetzensschreie mit seinem typischen Lachen. Wenn in der Ferne ein Martinshorn ertönte, konnte er flink wie ein Affe von der Bildfläche verschwinden. Mit der Zeit kümmerte sich die Nachbarschaft nicht mehr um seine Marotten und nur noch Ortsunkundige fielen ihm zum Opfer.

Einmal spätabends im Sommer, als es auch nachts noch schlecht abkühlte, war unser Schlafzimmerfenster weit geöffnet. Es war schon dunkel geworden. Ich lag im Bett beim Schein der Nachttischlampe und las mein Gute-Nacht-Pensum, als hinter dem sich leise im Wind wehenden Tüll zwei sich festkrallende schmutzige Hände, ein struppiger Haarschopf über einem hin und her flirrenden Augenpaar auftauchten. Mein Geschrei muss sich wohl vom gewohnten Alptraum-Endstadium unterschieden haben, denn die Schneekönigin stürmte sofort herein. Ich deutete mit dem Finger auf das Fenster, unfähig, einen Satz zu bilden. Die Schneekönigin sah natürlich nichts außer der sich bauschenden Gardine, da Börrnard schleunigst weitergeklettert war. Sie sah mich finster mit zusammengekniffenen Augen an und erwog ein Nachtleseverbot, aber was sollte das nutzen, wenn jedes noch so schaurige Märchen von der Realität übertroffen wurde.

4

Irgendwann war es an der Zeit, dass ich am Kommunionunterricht teilnehmen musste. Der Pfarrer, ein ziemlich dicker Mann mit einem ausgeprägten Haarwuchsproblem und hervorquellenden Augen, hatte es sich zur Aufgabe gemacht, uns sexuell aufzuklären. Was mich betraf, kam das längst zu spät, da ich einer sechs Jahre älteren Nachbarstochter alle notwendigen Informationen in hartnäckiger einstündiger Befragung bereits vor einem Jahr hatte aus der Nase ziehen können und es mir grotesk erschien, als der Pfarrer mit seiner rechten Hand durch seine schwarze Hose hindurch auf ein bestimmtes Körperteil klopfte, mehrmals sogar, wahrscheinlich, um unsere volle Aufmerksamkeit zu erreichen, und uns sodann fragte, ob wir wüssten, was DAS sei. Einige meiner Weißer-Sonntag-Schwestern hielten sich kichernd die Hand vor den Mund, andere schauten betreten zu Boden und scharrten mit den Füßen, während ich nicht an mich halten konnte und die Hand mit dem Zeigefinger in die Höhe hielt. In nüchterner, ja, abgeklärter Art und Weise gab ich all mein Wissen preis, was mir schräge Seitenblicke meiner Kommunionsanwärterinnen einbrachte und beim Pfarrer einen offensichtlichen Blutstau in den obersten Körperregionen herbeiführte, denn sein Kopf nahm mitsamt der kahlen Platte eine fast bedrohlich rote Farbe an, wobei er asthmatisch zu schnaufen begann. Nach meinem Vortrag herrschte eine kleine Weile Stille im Raum, bis der Pfarrer seine Contenance wiederfand und mir unter andauerndem Räuspern detailreiche Kenntnisse zugestand, die ihn erstaunten und denen nichts mehr hinzuzufügen sei. Stattdessen legte er uns im Anschluss dringend ans Herz, das 6. Gebot unbedingt zu befolgen. Meine erste Vermutung war, dass er stark unter Schock stand nach meinen Ausführungen, aber wenn ich an den darauffolgenden unvermeidlichen Beichtsamstagen getreulich die Verstöße gegen das besagte Gebot gestand, wurde ich stets zu detaillierterer Beschreibung genötigt, wobei mich durch das Holzgitter im dunklen Beichtstuhl ein hervorquellendes Auge anstarrte und ein unterdrücktes Schnaufen zu hören war, was mich zunehmend an meiner ersten Einschätzung zweifeln ließ.

5

Eines Morgens wachte ich auf und war optisch ziemlich verändert. Von oben bis unten bedeckten mich rote Flecken. Kleinere Tupfen ähnlicher Art hatte ich in der Vergangenheit schon einmal gehabt, aber dies war eindeutig anders. Ich fühlte mich völlig matt und sah alles verschwommen. Die Schneekönigin ging zur Telefonzelle, um den Kinderarzt zu rufen. Er kam alsbald, untersuchte mich und ging dann mit der Schneekönigin in den Wohnungsflur, wo ich sie gedämpft sprechen hörte, ohne dass ich etwas verstehen konnte. Die Schneekönigin kam zurück, setzte sich an den Bettrand und starrte mich wortlos mit unbewegter Miene an. Mir war so, als ob ich trotz meines glasigen Blicks eine Spur von Vorwurf in ihren Augen erkennen konnte. Nur kurze Zeit später klingelte es und zwei Männer kamen mit einer Trage herein. Ehe ich irgendetwas begreifen konnte, wurde ich auf die Trage verladen, festgeschnallt und nach unten getragen. Die Schneekönigin blieb wie eine Salzsäule. Auf dem Weg durch das Treppenhaus ließ ich ein derartiges Wolfsgeheul erklingen, dass sämtliche Wohnungstüren wie bei einem Adventskalender nach und nach aufgingen. Völlig fremde Männer schoben mich mitsamt der Trage in ein Fahrzeug und fuhren mit mir davon. Mein fieberbenebeltes Gehirn erkannte, dass ich wohl in ein Krankenhaus gebracht wurde, und dann schlief ich ein. Als ich wieder erwachte, lag ich in einem Bett, in einem großen Zimmer, wo noch sieben andere Kinder außer mir untergebracht waren. Einer hustete, einer schlief, einer malte und das Mädchen genau neben mir hätte fast mein Zwilling sein können. Sie war so alt wie ich, hatte auch solche Zöpfe, war aber im Gegensatz zu mir erheblich munterer und vermutlich aufgrund besserer Basisvoraussetzungen mehr dem Optimismus zugeneigt als ich. Wir freundeten uns sofort an. Da wir alle höchst ansteckende Krankheiten hatten, waren wir isoliert und es durfte uns auch niemand besuchen. An den Sonntagen kamen die Angehörigen, standen draußen vor den verschlossenen Fenstern und grienten zu uns hinein. Es war irgendwie eine Zooathmosphäre. Die Schneekönigin hatte ihren Salzsäulenstatus immer noch behalten, der Troll schaute sehr grimmig drein, weil er wahrscheinlich lieber zu Hause seine Schallplatten abgedudelt hätte, der Schmetterling kicherte und wackelte mit dem Kopf, und Eisenhans versuchte etwas linkisch und unbeholfen, durch die Glasscheibe hindurch „Istdochallesnichtsotragisch“ rüberzubringen. Ich lebte mich so richtig in dem Krankenhaus ein, was mir überhaupt nicht schwer fiel, denn alle dort waren märchenhaft lieb und nett zu mir. Man streichelte mir über den Kopf, nahm mich in die Arme, kam des Nachts geduldig an mein Bett, wenn ich wie üblich alptraumgebeutelt halb herausgefallen war, und niemand hatte auch nur ansatzweise etwas Bösartiges an sich. Die Welt da draußen mit ihren seelisch verkrüppelten Gestalten war weit weg, und mehr und mehr wurde es mir zu einer sicheren Burg. Während ich beim ersten Fensterschausonntag noch betrübt geschnieft hatte, ging ich beim zweiten schon etwas zögerlich zur Scheibe hinüber. Die Versammlung sah so ziemlich genauso aus wie bei der ersten Veranstaltung, außer dass der Troll vielleicht noch verstärkter brummig ausschaute. Einige Minuten vor der dritten Fleischbeschau wollte ich zur Toilette flüchten und mich verstecken. Ich war inzwischen so weit genesen, dass ich viel Zeit außerhalb des Krankenbettes verbrachte, die Krankenschwestern wissbegierig nach allem Möglichen befragte und immer mehr die Hoffnung hegte, dort für immer bleiben zu können. Ich wünschte mir innig, dass die Schneekönigin, der Troll und der Eisenhans für immer draußen bleiben müssten und nur der Schmetterling von Zeit zu Zeit die Erlaubnis erhielt, mich in meiner Festung zu besuchen. Es gab an jenem Sonntag kein Entrinnen und ich wurde an die Scheibe gestellt. In der folgenden Woche entwickelte ich einen unglaublichen Appetit. Zusammen mit anderen Krankheitsgenossen erbettelten wir uns bis zu viermal einen Nachschlag, den uns die Krankenschwestern lächelnd gewährten. Nach fast fünf Wochen im Schlaraffenland wurde ich aus dem Zimmer gerufen und im Arztzimmer saß mit obligatorisch zusammengekniffenen Knien und der darauf aufgebauten Handtasche die Schneekönigin. Mir wurde grausam klar, dass ich mich selbst getäuscht hatte, denn sie holte mich ab, um mit mir nach Hause zurückzukehren. Es tat sich kein Abgrund auf und es zischte kein läuternder Blitz vom Himmel, als wir zu Fuß vom Krankenhaus nach Hause gingen. Die Häuser waren schwarz verrußt wie immer, die Gesamtstimmung war gewohnt bleiern, die Schneekönigin umwehte Eiseskälte und aus den Augenwinkeln sah ich bekannte Gruselgesellen vorbeihuschen. Es war die Vertreibung aus dem Paradies.

W[illegible] beieinander liegen, haben Dietmar Köhne und seine Frau Ilona Hofmann-Köhne aus **Owen** am Karsamstag erfahren. Dietmar Köhne machte einen Motorradausflug. Warum er zwischen Schopfloch und der Ruine Reußenstein beim Überholen eines Schleppers von der Straße abkam, daran kann sich der 56-Jährige nicht erinnern. Als er einige Tage später im Stuttgarter Katharinenhospital – dorthin hatte ihn ein Hubschrauber geflogen – aus dem Koma erwachte, war nichts mehr wie zuvor. Beim Sturz war er unter das Vorderrad des Bulldogs gekommen und mitgeschleift worden. „Die Ärzte sagten mir, dass er nicht überleben wird", sagt Ilona Hofmann-Köhne. Die Beckenknochen ihres Mannes waren zerschmettert, die Wirbelsäule gebrochen, ein Knie gesplittert und er hatte innere Verletzungen. Seit Anfang Dezember arbeitet er wieder von zuhause aus für seinen Arbeitgeber Festo Didactic. Er hat nach vier Operationen wieder laufen gelernt, hat keine Schmerzen mehr. Gefragt, ob er sich trotz allem als Glückspilz fühlen könne, lacht Dietmar Köhne. „Und ob", versichert er, „so viel Glück kann man nur einmal im Leben haben". Mitten in die Wirren von Hoffen und Bangen platzte die Nachricht, dass Ilona Hofmann-Köhnes Erstlingsroman „Blues 4600 – Eine bitterzarte Ruhrgebietsgeschichte" veröffentlicht wurde. „Der Verlag schickte mir das Buch und ein Flasche Sekt in die Reha-Klinik nach Bad Saulgau, wohin ich meinen Mann begleitet hatte", berichtet die 54-Jährige. Was sie sich für das neue Jahr wünschen? „Keine Unfälle und dass wir eine Wohnung in Esslingen finden. Dorthin wollen wir nämlich umziehen", sagen sie.

kai

t zur Aufholjagd

och Rückstände bei der Bearbeitung der Steuererklärungen

fiel das System aus. Mittlerweile laufe dies aber relativ stabil, sagt Pflüger. Und da auch die Finanzamt-Mitarbeiter immer besser mit dem System zurechtkämen, sei das Bearbeitungstempo nun wieder auf dem Niveau wie vor der „Konsens"-Einführung. Allerdings wurde eben das Verpasste noch nicht aufgeholt.

„Da müssen wir ran"

Am Sinn des neuen Systems lässt Pflüger keinen Zweifel. Über die neue Steueridentifikationsnummer werden nun die Finanzamt-Daten etwa mit denen der Rentenversicherungsträger und Krankenversicherungen abgeglichen. Dies geschieht durch Abfragen beim Bundeszentralamt für Steuern. „Der Schritt war notwendig", sagt Pflüger. Im kommenden Jahr wird dann Nordrhein-Westfalen als letztes Bundesland mit der neuen Software ausgestattet. Auch dort wird es dann wohl zu Anlaufschwierigkeiten kommen.

Beim Esslinger Finanzamt wollte man den Steuererklärungsstau eigentlich spurt in den ersten Wochen des Jahres 2012 bei den Erklärungen für das Steuerjahr 2010 aufholen: „In diesen zwei Monaten müssen wir ran." 2011er-Erklärungen können in den ersten Wochen des neuen Jahres ohnehin noch nicht bearbeitet werden. Das hierfür benötigte Computerprogramm wird erst gegen Mitte/Ende Februar geliefert. Das sei aber auch zuvor schon so gewesen. Erklärungen für das jeweils abgelaufene Jahr müssen also erst einmal liegen bleiben, bis die aktualisierte Software zur Verfügung steht, erklärt der Finanzamtsleiter. „Anfang des Jahres zum Finanzamt zu springen, in der Erwartung, Geld herauszubekommen, bringt nichts", sagt er. Die Leute könnten sich Zeit lassen. Ende Februar würden dann aber die Fälle bevorzugt behandelt, in denen der Steuerzahler eine Rückerstattung erwarten könne, verspricht Pflüger. Hoffentlich wird dann der Steuerbescheid in den gewohnten Fristen der zurückliegenden Jahre versandt: bei elektronisch übermittelten Fällen ohne Klärungsbedarf innerhalb von

In den folgenden Tagen verabschiedete sich völlig schmerzlos meine abgestorbene Haut und machte der rosigen neuen Platz. Entweder fiel sie von allein in mehr oder weniger großen Stücken ab, oder aber ich half etwas nach. Der Troll schaute zutiefst angeekelt dem Treiben zu und verzog sich immer häufiger traditionell türenknallend ins Schlafzimmer zu seinem Schallplattenspieler. Es bereitete mir allmählich eine gewisse verhohlene Freude, in seiner Anwesenheit mit der abstoßenden Häutungsaktion zu beginnen, wohlwissend, dass sich kurze Zeit später für mindestens eine halbe Stunde die ständig geladene Atmosphäre in der Wohnküche um ein paar Volt verringert haben würde. Als der schlangenartige Vorgang endgültig biologisch abgeschlossen war, bedauerte ich es beinahe.

6

Nur kurze Zeit später bildete sich an einem Unterschenkel ein großer roter Fleck mit betonartiger Oberfläche und ich sah den Kinderarzt schneller wieder, als ich gedacht hatte. Meine anfänglich aufkeimende Hoffnung, er würde mich wieder ins Schlaraffenland einweisen, erfüllte sich nicht und stattdessen eröffnete er der Schneekönigin, hier handele es sich um eine unheilbare Krankheit, die aber weder ansteckend noch lebensbedrohlich und gegen die bisher noch kein Kraut gewachsen sei. Mich konnten die ersten beiden Aussagen nicht trösten, da dieser neue Auswuchs im Gegensatz zur vorausgegangenen Reptilienschuppung äußerst schmerzhaft war und zudem von einem unerträglichen Juckreiz begleitet wurde. Jeden Abend musste der Strumpf an diesem Bein mit viel warmem Wasser zunächst eingeweicht und dann vorsichtig abgelöst werden, da sich die Strickware mit der nässenden Wunde siamesisch verbunden hatte. Nach der Auffassung des Hautarztes seien Wundverbände eher kontraproduktiv, da keine Luft an die Stelle kommen könne. Von nun an musste ich jeden Abend, zumindest in den kälteren Monaten des

Jahres, diese mehr und mehr bei mir Panik auslösende Prozedur erdulden, die je nach der physischen und psychischen Tagesform der Schneekönigin einigermaßen erträglich oder grauenhaft ausfiel. Der Troll schaute angeekelter denn je drein, nur seine Flucht ins Schlafzimmer vermochte jetzt keine stille Freude mehr bei mir auszulösen. Der Schmetterling schwankte zwischen aufkommender, horrifizierter Genervtheit und Mitleid, wobei letztere Empfindung deutlicher durchschimmerte. Eisenhans blieb völlig ahnungslos, da ihm niemand etwas von dieser neuen Seuche erzählte und er ohnehin zu den gewohnten Geisterstundenzeiten heimkam. Für die nächsten dreieinhalb Jahre war ich ein Versuchskaninchen der pharmazeutischen Industrie und ihrer verlängerten Arme, und verschiedenste Salben, von fettig, stinkend, heftig brennend bis ätzend, dabei alle vollkommen nutzlos, wurden mit Inbrunst an der kranken Stelle aufgetragen.

7

Der Tragödienstadl zu Hause spitzte sich irgendwie zu. Das Mitternachtsspektakel wich eines Nachts von der Tradition ab. Das gewohnte Auskratzen der Töpfe entfiel völlig und ging sofort zum Regiepunkt „Krachen der Bettcouch" über, anstelle des Schnarchgeräusches ertönten Wehklagen, Jammern und wüste Beschimpfungen in der unverständlichen Sprache derer, bei denen zu wenig Blut im Alkohol ist. Die Schneekönigin blieb eisern und unbeweglich liegen, bis das Gebrabbel aufhörte und das obligatorische Rachengetöse erklang. Ich schlief wieder ein. Am nächsten Morgen war nichts wie sonst. Eisenhans lag immer noch auf der Bettcouch, während er gewöhnlich längst vor uns schon aufgestanden und zur Arbeit gegangen war. Er war immer noch angezogen, hatte ein Veilchen, und irgendetwas war mit seinem Fuß nicht in Ordnung, er konnte nicht mehr auftreten. Die Küche roch erbärmlich nach abgestandenem Bier und Schweiß. Die Schneekönigin musterte ihn mit eiskaltem Blick, zog sich schweigend an, nahm ihren Geldbeutel und ging aus dem Haus, um von der Telefonzelle aus einen Krankenwagen zu rufen. Die Sanitäter packten Eisenhans auf die Trage und hievten ihn das ganze Treppenhaus hinunter, wobei er immer noch lautstark lamentierte. Die Schneekönigin schärfte uns ein, jedem, der es hören wollte, zu erzählen, dass der Eisenhans auf einer Bananenschale ausgerutscht sei. Prompt fing mich einer der Nachbarn auf meinem Weg nach unten ab und als ich mein auswendig gelerntes Lügensprüchlein aufsagte, verriet mir sein Blick, dass ich ebenso hätte erzählen können, es seien in unserer Wohnung pepitagemusterte Pilze auf der Fensterbank gewachsen.

Das war aber noch nicht alles an diesem Tag. Nachmittags entwischte der Wellensittich durch ein Fenster, das ich gedankenlos für einen Moment geöffnet hatte. Das Tier hatte sich der Troll irgendwann einmal zum Geburtstag gewünscht, wurde von ihm auch streng als Besitz betrachtet, aber ansonsten mit konsequenter Gleichgültigkeit behandelt. Ich heulte vor Schreck, die Schneekönigin erstarrte für einige Sekunden, nahm sodann zum zweiten Mal ihren Geldbeutel und marschierte schnurstracks zum Tierhändler in der Hauptstraße, um ein möglichst identisches Exemplar zu erstehen, das sie später dann in den Käfig setzte. Der Nachfolger hatte nur auf den ersten Blick wirklich Ähnlichkeit mit dem Fahnenflüchtigen, charakterlich lagen Welten dazwischen. Während der Ausbrecher den ganzen Tag mit Turnübungen beschäftigt gewesen war und ständig ein Mordsgekreisch die Küche erfüllt hatte, zeigte der Neuling keinerlei sportliche Ambitionen und als Gesangskanone hätte man ihn auch nicht gerade bezeichnen können. Die Schneekönigin glaubte trotzdem, den Troll täuschen zu können, aber als reine Vorsichtsmaßnahme wurde der Schmetterling beim Heimkommen eingeweiht. Der Troll kam wenige Zeit später nach Hause und wir versuchten krampfhaft, völlig normal zu wirken. Der Schmetterling kicherte nervös und dem Troll schwante etwas. Mit zusammengekniffenen Augen wanderte sein Blick schließlich zu dem Vogelkäfig, wo das unglücklich gewählte Double dem Treiben jenseits der Stäbe unsicher zuschaute. Der Troll schnaubte vor Wut, ließ uns wissen, dass dies nicht SEIN Vogel sei und er mit DEM DA nichts zu tun haben wolle. Die Schlafzimmertür hinter sich zuknallend, entschwand er unseren Blicken und die nächsten zwei Stunden erklang in voller Lautstärke „Sieliebtdichyeahyeahyeah“ durch die geschlossene Tür, bis schließlich unsere Nachbarn einen Sprung in der Platte vermuteten und energisch gegen die Wand klopften.

Eisenhans wurde nur für einige Tage im Krankenhaus behalten, dann kehrte er humpelnd nach Hause zurück und am nächsten Tag ging er wieder arbeiten. In den paar Nächten ohne Mitternachtsinferno wachte ich trotzdem immer auf. Die Wogen wegen des Sündenfalls Wellensittich hatten sich etwas geglättet und der neue Gefiederte wurde vom Troll mit der gleichen Ignoranz wie der vorherige bedacht.

8

Beim Eisenhans lugten manchmal Seiten hervor, die ich bei ihm nicht erwartet hätte. So geschah es eines Tages, dass er bei helllichtem Arbeitstag zusammen mit einem Arbeitskollegen eine Nähmaschine das Treppenhaus hochwuchtete. Keine neue zwar, eher ein Oldsmobile, dass noch per Fußkraft bedient werden musste, aber funktionstüchtig, und vor allem: Sie hatte kein Geld gekostet, was in unserem Haushalt einen unschlagbaren Faktor darstellte. Vorausgegangen waren in Intervallen hervorgebrachte Stoßseufzer der Schneekönigin, die mit gen Himmel gerichteten Augen und Armen das Fehlen einer solchen Maschine beklagte, mit der ihrer Auffassung nach so einige Bekleidungsprobleme gelöst werden könnten. Als nun der Eisenhans schweißgebadet, aber glückstrahlend mit der Maschine auftauchte, feierten die Mundwinkel der Schneekönigin fröhliche Eintracht mit ihren Zehennägeln, sie umkreiste das Gerät mit kaum verhüllter Abneigung und der mild euphorische Ausdruck im Gesicht des Eisenhans fiel in sich zusammen. Als er mitsamt seines Kollegen gegangen war, versuchte sich die Schneekönigin im Umgang mit dem Vorkriegsmodell, wobei sie Garnrollen schwingend in Gebetsmühlenmanier einen Monolog führte, der im Kern immer darauf hinauslief, dass alles, was DER mitbringe, nur Mist sein könne. Ich saß derweil am Küchentisch bei meinen Hausaufgaben und schaute ihr beim Fluchen zu. Der Eisenhans war ein rauer Kerl, den ich nicht verstand, aber an diesem Tag tat er mir zum ersten Mal irgendwie leid.

Ich war ein absoluter Bücherwurm, und wenn es einen Rattenfänger gegeben hätte, so wäre eine Flöte völlig sinnlos gewesen, aber wenn er eine Geschichte vorlesend meinen Weg gekreuzt hätte, wäre ich ihm bis ans Ende der Welt gefolgt. Eines Abends kam Eisenhans nach Hause und stellte mindestens einen halben Meter Kinderbücher genau vor mir auf den Tisch, an dem ich saß. Der Stapel war so hoch, dass ich dahinter verschwand. Diese Bücher hatte er ebenso wie die gusseiserne Nähhilfe irgendwo umsonst bekommen. Ich konnte ihn hinter dem Bücherberg nicht sehen, aber ich konnte mir sein Gesicht vorstellen, sicher sah es so ähnlich aus wie vor einigen Tagen bei der Nähmaschinenaktion im Anfangsstadium. Ich brauchte keine Entzückung zu spielen, meine Augen waren mit Sicherheit groß wie Spiegeleier und die unartikulierten Laute hätte man nur mit ausgesprochener Böswilligkeit als nicht freudig bezeichnen können. Der Eisenhans trat hinter den Büchern hervor, hatte ein Strahlen in den Augen und rieb sich vor Freude über seinen gelungenen Coup die Hände. Die Schneekönigin und der Troll verfolgten die Szene schweigend mit betont unwirscher Miene, während sich der Schmetterling verschämt ein wenig mit mir freuen konnte. An jenem Abend lag ich im Bett und überlegte, ob der Eisenhans vielleicht einfach nur verwunschen war und für seine Garstigkeit an anderen Tagen überhaupt nichts konnte.

9

Meine Kommunion rückte näher. Ich war erleichtert, weil damit auch der wöchentliche Unterricht bei dem Beichtstuhlvoyeur vorbei sein würde. Verstöße gegen sein Lieblingsgebot gestand ich ihm niemals wieder, was ihn zum Nachfragen anregte, so dass mich sein Froschauge weiterhin verfolgte. Ich zog es vor, unverfänglichere Untaten zu beichten, und dachte mir mitunter ein paar Straftaten aus, um ihn bei Laune zu halten. Das, was er hätte hören wollen, erzählte ich nach dem Herunterbeten der Sanktionen seinem Vorgesetzten, dem, so schien es mir, das alles völlig banal vorkam, zumindest drehte er noch nicht einmal ein klitzekleines Bisschen seinen geschundenen Kopf zu mir herüber. Ich sagte mir, dass ich in seiner Situation auch andere Sorgen hätte, und versuchte, einen Zusammenhang zwischen dem Schnaufauge und dem grausam Misshandelten herzustellen, aber es gelang mir nicht.

Anlässlich des großen Ereignisses reiste sogar Eisenhans' Mutter an. Meine Großmutter wohnte sehr weit weg von uns und ich war ihr nur wenige Male in meinem Leben begegnet. Die Schneekönigin hatte eine undefinierbare Abneigung gegen jegliche Verwandtschaft des Eisenhans und ließ kein einziges gutes Haarpartikel an ihr. Meine Großmutter war sehr hager, sehr gläubig und dieses Ereignis bedeutete ihr viel. Sie war ein gutmütiger Mensch mit einer sehr müden Resignation im Gesichtsausdruck. Am Vortag der Kommunion teilte sie der Schneekönigin mit, dass sie mit mir in die Stadt gehe, um für mich das Kommunionsgeschenk zu kaufen. Wir kamen nicht allzu weit, denn an der Hauptstraße befand sich ein Warenhaus, dessen Namen man mit „Wollwert" übersetzen könnte. Bisher hatte ich dieses Geschäft noch nie ohne die Schneekönigin betreten. Es erschien mir immer wie das Schlaraffenland, wo einem Buntstifte, Zeichenblöcke, Kitsch, Nippes, Wachsmalkreiden, Schokolade und Schaumbonbons von rechts und links „Nimmmichmit" zuraunten, wenngleich in vergeblicher Prostitution, denn stets verließ die Schneekönigin den Laden nur mit dem, was wirklich gebraucht wurde. Meine Großmutter ahnte angesichts meines Christbaumgesichtsausdrucks, dass es nicht schwierig werden würde, meine kindlichen Gelüste zu befriedigen, und war bestimmt auch erleichtert, dass sie nicht allzu weit laufen musste. Sie drückte mir einen der Einkaufskörbe in die Hand und ermunterte mich, mir alles zu nehmen, was ich nur haben wolle. Als ich sie ungläubig und zweifelnd von unten anblickte, bekräftigte sie das soeben Gesagte mit heftigem Kopfnicken, und dann gab es für mich kein Halten mehr. Ich geriet in den ersten Kaufrausch meines jungen Lebens und nichts war vor mir sicher. Meine Großmutter ging schmunzelnd neben mir durch die Verkaufsregale, was sich im Laufe meines Einkaufs zu herzlichem Lachen angesichts meiner Auswahl steigerte, aber sie ließ mich gewähren. Am Ende verließen wir das Geschäft mit zwei Wundertüten voll mit Süßigkeiten, Malartikeln, Büchern, Spielzeug, skurrilen Plastikgegenständen und ähnlichen Herrlichkeiten, aber das Beste von allem war ein Poesiealbum, welches ich mir seit Längerem brennend gewünscht hatte. Es war irgendein Märchenmotiv auf der Vorderseite abgebildet und bedeutete für mich den Inbegriff von Glückseligkeit. Hüpfend und mit einem gewaltigen Serotoninspiegel, stieg ich mit meiner Großmutter die Treppen zu unserer Wohnung hinauf. Es waren bis auf Eisenhans alle zu Hause. Beim Auspacken meiner Schätze wechselte die Gesichtsfarbe der Schneekönigin von zunächst bleich bis zu einem stetig anschwellenden Rot. Der Troll stieß indessen Laute hervor, die Hohngelächter darstellen sollten. Die Schneekönigin zischte mit zusammengepressten Zähnen und blitzenden Eisaugen meiner Großmutter die Frage in deren bekümmertes Gesicht, was sie sich denn dabei gedacht habe. Der Troll hatte inzwischen das Poesiealbum entdeckt und ließ ein böses Knurren hören. Der Einwand meiner Großmutter, dass das Kind sich doch so gefreut habe, wurde mit einer einzigen Handbewegung der Schneekönigin beiseitegefegt. Die ganzen Schätze bis auf wenige Stücke wurden zurück in die Tüten gepackt und auch meine Poesie-Glückseligkeit fand keine Gnade. Die Schneekönigin forderte den Kassenbon und verschwand mitsamt meinem Kurzzeitreichtum, mit der Absicht, alles sofort gegen nützliche

Dinge umzutauschen. Mein Serotoninspiegel war auf dem Tiefpunkt und ich ließ meinen Gefühlen so lange freien Lauf, bis die Nachbarn an die Wand klopften, weil sie schwere Kindesmisshandlung vermuteten. Der Schmetterling, der zu Anfang des Dramas noch halbherzig gekichert hatte, schaute betreten drein und der Ausdruck im Gesicht meiner Großmutter war müder denn je.

10

Noch am Tag vor meiner Kommunion fielen meine Zöpfe. Ich war mir nicht so sicher, dass ich das auch wollte, aber andererseits hatten mich die letzten Ereignisse stark altern lassen, und sie schienen nicht mehr wirklich zu meinem aktuellen Entwicklungsstand zu passen. Die Kastration wurde also ohne besondere Zwischenfälle von der Schneekönigin vorgenommen und die Trophäe in einer Pappschachtel aufbewahrt, am gleichen Platz, wo bereits die Skalps von Schmetterling und Troll neben ehemaligen Kommunionkerzen und anderen Devotionalien gelagert wurden.

Endlich war der Weiße Sonntag angebrochen und ich zitterte vor Aufregung bei dem Gedanken, dass ich zum ersten Mal den Leib Christi empfangen sollte. Ich hatte keine genaue Vorstellung davon, wie das technisch funktionieren sollte, aber da ich irgendwann einmal etwas über Kannibalismus aufgeschnappt hatte, befiel mich die Furcht, der Bemitleidenswerte in der Kirche habe nicht ohne Grund dieses geschundene Aussehen. Alle Kandidatinnen mussten sich zunächst in der Pfarrei versammeln, wo uns der beleibte Genitalienklopfer unser Geschenk überreichen wollte. Es handelte sich um ein auf Holz aufgezogenes Bild mit biblischer Aussage. Nach einer langatmigen Einleitung verriet er uns, dass eines dieser Exemplare einen kleinen Schönheitsfehler habe, also quasi ein Fehldruck, der zu dunkel geraten war, ja, so etwas Ähnliches wie ein verlorenes Schaf sei, und wer von uns dieses Bild freiwillig wählen würde. Ich meldete mich umgehend, da ich mich insgeheim als Expertin für düstere Bilder einschätzte, worauf er mich nach vorn berief, mich um die Schulter fasste und erklärte: Das habe er vorher gewusst und das Bild sei genau das Richtige nur für mich. Als ich die Rückseite betrachtete, stellte ich fest, dass mein Name bereits eingetragen war. Viel später dämmerte es mir allmählich, dass dies wohl seine kleine Rache wegen entgangener Beichtstuhlfreuden gewesen sein musste.

Nach diesem Vorspiel war es an der Zeit, in Zweierreihen, die Kerzen steil nach oben gerichtet, zum Gotteshaus hinüberzugehen. Auf der Straße standen all die Angehörigen, teilweise mit Fotoapparaten in der Hand. Es hatte in der Nacht geregnet und immer wieder verwandelte sich die feierliche Prozession in einen Storchentanz, um die weißen Schuhe in den Pfützen nicht übermäßig zu beschmutzen. Kurz vor dem Portal der Kirche kam aus der hinteren Reihe der Kompanie atemlos ein Mädchen mit verrutschtem Kränzchen und tippte mir auf die Schulter. Sie hielt mein ehemals blütenweißes Kommunionstäschchen in der Hand, welches sie weiter hinten vom Straßenpflaster geklaubt hatte. Sie hielt es mir mit spitzen Fingern hin und nahm eiligst ihren Platz wieder ein. Durch diese kleine Aktion war die disziplinierte Marschordnung etwas ins Trudeln geraten, es gab einen bis zwei unblutig verlaufende Aufprallunfälle und ich hängte mir hastig das Täschchen an den Arm, das große Schlammtränen auf mein Kleid weinte. Ich schielte auf das Spalier der Familienverbände, um herauszufinden, wo mein Clan stand, und fragte mich, ob jemand von ihnen etwas von der schmutzigen Angelegenheit bemerkt hatte. Sie standen nicht sehr weit entfernt von mir und meine Frage war gleich beantwortet, denn der Troll verzog hämisch seinen Mund, die Schneekönigin funkelte böse mit ihrem Eisesblick, die Großmutter hielt mit beiden Händen ihre Wangen fest, der Schmetterling kicherte nervös, nur den Eisenhans schien das Ausmaß dieser schier blasphemischen Katastrophe nicht anzufechten, denn er lachte unbekümmert. Derart besudelt betrat ich also das Haus Gottes. Die Abweichung von der vorgeplanten Choreografie hatte mich derartig aus dem Gleis geworfen, dass ich von der gesamten Aufführung nur die Hälfte mitbekam und erst beim Höhepunkt aus meiner Benommenheit erwachte. Die weißen Mädels mit ihrer befleckten Schwester in der Mitte traten gemessenen Schrittes nach vorn, um das heilige Sakrament zu empfangen. Knieend erwartete ich den Vollstrecker, der orgelbedröhnt schließlich auch bei mir angekommen war. Er schwitzte stärker denn je und mich erfüllte für einen Augenblick die Sorge, er erinnere sich genau jetzt an meine pornografischen Ausführungen in der noch bezopften Lebensphase. Aber er legte mir anstandslos etwas auf meine ausgestreckte Zunge, das er murmelnd als den Leib Christi auswies. Ich erwartete den Geschmack von Blut im Mund, aber stattdessen zerfiel in meinem Speichel in ziemlicher Geschwindigkeit ein pappeartiges, hauchdünnes und fades Gebilde, das mich frappierend an die Unterseite von einem bestimmten Weihnachtsgebäck erinnerte. Mein erster Gedanke war, dass der Fehlfarbenverteiler mich nicht für würdig befand, das echte Sakrament zu empfangen, und mir stattdessen ein blutleeres Placebo verabreicht hatte. Ich wandte meinen Blick zu dem Erbarmungswürdigen dort ganz oben, aber er ließ in keinster Weise erkennen, dass er diesen unglaublichen Betrug bemerkt hatte.

Beim Verlassen der Kirche atmete ich irgendwie auf. Es wurden ein paar Familienfotos gemacht, wo im Vorfeld die Schneekönigin verbissen mit Spucke das Schlimmste auszumerzen versuchte. Anstatt der Schlammtränen waren es jetzt Schlammstreifen, was auf den Schwarz-Weiß-Fotos Jacke wie Hose gewesen wäre. Das Täschchen wurde aus dem Bild herausgehalten. Der Nachmittag zu Hause verlief für unsere Verhältnisse geradezu harmonisch. Ich durfte alle Geschenke auspacken und das böse Knurren des Trolls angesichts des vor Tagen eingeschleppten Poesiealbums bekam jetzt eine Deutung, denn sein Geschenk war ein Poesiealbum. Es hatte kein Märchenmotiv auf der Vorderseite, sondern ein textiles Karomuster ohne jeglichen Bezug. Stattdessen hatte sich der Troll schon einmal eigenmächtig im Innern mit einem Gedicht verewigt, welches, von einem bekannten Dichter stammend, fein säuberlich abgeschrieben war, aber dessen Inhalt in einer solchen Diskrepanz zu Trolls Benehmen mir gegenüber stand, dass es mich an die Placeboverabreichung in der Kirche erinnerte. Die Nachbarschaft hatte traditionell Pralinenschachteln verschiedener Ausführungen gestiftet, die der Schmetterling und ich in den kommenden Tagen hemmungslos leerfraßen. Wir lagen anschließend quer auf den Betten, von Schokolade aufgeblasen wie Puffreis, unfähig, uns zu bewegen, aber glücklich. Den Troll ließen wir an diesen Orgien nicht teilhaben.

11

Ich hatte eine Freundin in dieser dunklen, grauen Straße, die drei Jahre jünger war als ich, aber mit ihr verband mich etwas, vielleicht der absolute Wunsch, eines Tages dem real existierenden Horror zu entkommen. Sie wohnte ein Haus weiter, aber ihre Großeltern hatten ihre Wohnung bei uns im Haus auf der gleichen Etage. Sie war fast immer dort und wir verbrachten viel Zeit miteinander. Häufig, wenn ich nebenan klingelte und mir geöffnet wurde, schlug mir ein durchdringender Duft in die Nase, den ich nicht kannte. Einmal, als meine Freundin nicht anwesend war, öffnete die Großmutter, ließ mich eintreten und nahm ihre Suppe ein, bei deren Genuss ich sie gestört hatte. Da war wieder dieser Duft und ich fragte sie, was das sei. Sie antwortete, das sei gut für das Herz, und löffelte weiter. In dem Teller schwammen so an die 15 bis 20 kleine weiße tropfenförmige Gebilde, die ich nicht einordnen konnte. Fast als der Teller leer war, fragte sie mich, ob ich mal kosten wolle. Ich war aber misstrauisch, weil mir durch meine fast ununterbrochen konsumierte Märchenlektüre eine arglose Aufnahme von Lebensmitteln doch sehr gefährlich erschien, und so lehnte ich dankend ab.

Meiner jüngeren Freundin erzählte ich fast unerschöpflich selbst erfundene Märchen, in denen es von Schlangen, Hexen, Zwergen und guten Feen nur so wimmelte. Die Storys müssen irgendwie doch fesselnd gewesen sein, denn sie lauschte mir mit großen Augen und forderte zum Ende stets eine Zugabe. Ich hatte das Gefühl, dass uns diese gemeinsamen Märchenstunden im halbdunklen Zimmer kurzfristig eine kleine Flucht vor der Realität ermöglichten. Wir hatten beide eine extreme Abneigung gegen die Gestalten, die auf der Straße vagabundierten, jederzeit für nächtelange Alpträume sorgen konnten, und hielten uns deshalb am liebsten innerhalb der Mauern oder im Hof auf.

12

Mit einer anderen, nur ein Jahr jüngeren, aber mit allen Wassern gewaschenen Freundin erlebte ich Echtzeit-Abenteuer. Nicht weit von unserem Wohnviertel existierten noch Ruinen, zerbombte Häuser aus dem letzten Krieg. Es war uns strengstens verboten, dieses Gelände zu betreten, und genau deswegen zog es uns magisch dorthin. Wir stiegen im Außenbereich über Schutt, spielten Forscher, untersuchten Fragmente von Kacheln, fanden mitunter Münzen beim Scharren, und irgendwann blinzelten unsere Augen mehr und mehr auf die bizarren Haus-Überreste dieser vergangenen Epoche. Wir saßen auf einem Mauerstück, schaukelten mit den Beinen und schauten uns verständnissinnig schräg von der Seite an. Es dauerte nicht mehr allzu lang und wir stiegen ein. Das Treppenhaus war noch bis zur dritten Etage erhalten. Rechts davon gähnte offen der Abgrund. Links davon gab es die ehemaligen Räume mit den Fensterlöchern. Wir schlichen bis oben und sahen plötzlich auf einem Feldbett einen Mann liegen. Wir erstarrten. Er drehte sich um, sah uns und startete beim Emporhieven aus seiner Bettstatt einen Riesenspektakel. Ich erkannte in ihm den, der uns mit seinem Glasauge terrorisiert hatte, und rannte, was das Zeug hielt. Meine Freundin wollte sich nicht so schnell einschüchtern lassen, aber als er mit irgendetwas nach ihr warf, rannte sie ungläubig hinter mir die Treppen hinab. Wir rannten, bis wir nicht mehr konnten, und ließen uns keuchend auf den Boden fallen.

Nach diesem Erlebnis strichen wir die Ruinen von der Liste unserer Nervenkitzelspielplätze.

13

An den Samstagen sahen wir vom Eisenhans auch nicht allzu viel, weil er an diesen Tagen seiner Leidenschaft, Fußball, frönte. Sonntags jedoch, nach dem Mittagessen und seinem Nickerchen auf der Couch, sprang er regelmäßig gut gelaunt auf und verkündete, dass wir nun alle zusammen einen Ausflug machen würden. Mit gequälter Miene, die Eisenhans ignorierte, zogen sich alle sonntagsfein an und zogen im Schlepptau hinter ihm her, zu irgendeiner Bus- oder Straßenbahnhaltestelle, von wo aus wir zu dem von ihm angepeilten Ausflugsziel gebracht wurden. Der Troll trug dabei stets ein Gesicht zur Schau, als ob er verschiedene Mordpläne im Kopf durcharbeitete, die Schneekönigin starrte mit versteinerten Zügen aus dem Fenster, der Schmetterling und ich versuchten mitunter, ein wenig herumzualbern, was aber sogleich entweder von der Schneekönigin oder vom Troll im Keim erstickt wurde. Nach etwa einer Stunde kamen wir dann jedes Mal in einem Park oder in einem Waldstück an, wo wir spazieren gingen und anschließend in einem Ausflugslokal landeten. Manchmal auch gingen wir alle zusammen auf die Kirmes, wo Eisenhans ein geradezu kindliches Vergnügen an den Karussells und Schießbuden hatte, sich auch spendabel zeigte und eine seltene Ausgelassenheit an den Tag legte. Dem Troll und der Schneekönigin schien seine Sonntagslaune nur lästig zu sein und auch der Schmetterling und ich hatten Mühe, uns unbefangen auf sein verändertes Verhalten einzustellen. Wahrscheinlich waren wir zu sehr auf die restlichen sechs Tage der Woche eingedrillt und die Sonntage konnten einfach keinen Ausgleich herstellen.

14

Die Schneekönigin litt unter ständigen Hustenanfällen, die sie mit codeinhaltigen Hustentropfen zu bekämpfen suchte. Dieses Medikament, das sie unentwegt von ihrem Arzt verschrieben bekam, stand immer griffbereit im Küchenschrank. Ihre Anfälle waren gefürchtet, da sie behauptete, wir seien an ihnen schuld. Wenn nun entweder der Troll, der Schmetterling oder ich wieder einmal ihrer Meinung nach ungehorsam waren, Widerworte gaben und sonst wie ihr Missfallen erregten, erteilte sie hustengeschüttelt den Befehl zum sofortigen Unterlassen des jeweiligen Tuns, da es sie aufrege und zum Husten bringe. Irgendwann waren wir fast so konditioniert wie der Pawlowsche Hund. Wir wussten schon Minuten früher von dem bevorstehenden Hustenanfall, bevor er überhaupt begonnen hatte, schreckten bereits bei dem Gedanken daran zusammen und befahlen uns selbst den Gehorsam und das Verstummen. Manchmal versagte allerdings der Reflex. So passierte mir eines Tages unten im Hof ein kleiner Unfall, weil ich unbedingt die drei Nummern zu großen Schuhe mit dem Stöckelabsatz der Nachbarstochter ausprobieren musste. Ich stolzierte ein paar Mal schlurfend hin und her und auf dem unebenen Pflaster blieb ich irgendwo hängen. Ich krachte voll auf meine Knie. Eins davon war erheblich aufgeschlagen und blutete. Ich schleppte mich laut weinend die drei Stockwerke hoch, löste dabei wieder einmal den Adventskalendereffekt aus und kam völlig aufgelöst in der Wohnung an. Die Schneekönigin funkelte mich böse an, erkundigte sich, was ich denn da wieder angestellt habe, und begann zu husten. Leider war es mir aufgrund der Schmerzen und des Schocks nicht möglich, mein Geschrei abzustellen, was wiederum stärkeres Husten auslöste. Ihre Wangen blähten sich immer schlimmer auf, wobei die Augen fast aus den Höhlen traten und ich mir sicher war, für immer und ewig in der Hölle schmoren zu müssen.

15

Am Zahltag eines jeden Monats in den späten Nachmittagsstunden unternahm die Schneekönigin neuerdings eine längere Straßenbahnfahrt zur Arbeitsstelle des Eisenhans, zu der sie mich mitnahm. Diese Exkursion diente dem Zweck, den Löwenanteil des Lohns für Miete, Lebensmittel und weitere Haushaltsausgaben zu sichern, da Eisenhans dazu neigte, gemeinsam mit anderen männlichen Familienflüchtigen an solchen Abenden in der Kantine eine nennenswerte Summe des Geldes in geistige Getränke zu investieren. Eisenhans arbeitete bei den britischen Besatzern, wo er zwar schlecht bezahlt war, aber sich wohl fühlte, und die fast bis Mitternacht geöffnete Kantine seinen Bedürfnissen sehr entgegenkam. Die Wache am Eingang ließ uns jedes Mal anstandslos durch und wir gingen den bekannten Weg zur Kantine. Schon von weitem hörte man immer lebhaftes Stimmengewirr, durchmischt mit dröhnendem Gelächter. Als wir zum ersten Mal dort auftauchten und in der Tür standen, drehten sich alle Männer zu uns um und es herrschte für einen Augenblick Grabesstille. Eisenhans starrte uns ungläubig an, bis er sich fing und uns zu einem Tisch geleitete. Die Schneekönigin forderte mit starrem Gesichtsausdruck und leiser, aber bestimmter Lautstärke die Herausgabe des Lohns. Zögernd fischte er seinen Geldbeutel hervor und sie entnahm die Summe, die sie für angemessen erachtete. Eisenhans bestellte dann noch für uns ein Getränk und danach machten wir uns allein wieder auf den Heimweg. Inzwischen hatten sich die Kantinenkumpane an unser monatliches Erscheinen gewöhnt und der eine oder andere hatte mich als Glücksspielautomaten-Fee auserkoren. Ich durfte die Tasten drücken, und wenn danach eine Menge Münzen herausfiel, was gar nicht so selten vorkam, bekam ich eine Tafel Schokolade. Die monatlichen Geldeintreibungsausflüge fingen an, mir zu gefallen.

16

Die Schneekönigin hatte es satt, zu fünf Personen in einem Zwei-Zimmer-Loch zu wohnen, und auch der Troll äußerte mit immer größer werdendem Unmut den Wunsch nach einem eigenen Zimmer. Eisenhans war das alles egal, denn er war ja selten zu Hause, aber an den Wochenenden konnte er den anklagenden Augenpaaren nicht mehr länger ausweichen. Die Schneekönigin und er begaben sich auf Wohnungssuche. Es dauerte nicht allzu lang, bis sie uns die erfolgte Unterzeichnung eines Mietvertrages verkündeten. Die Wohnungsschlüssel besaßen sie auch bereits und so begaben wir uns eines Sonntagnachmittags auf den Weg zur Besichtigung unserer neuen Behausung. Das Mietshaus lag im gleichen Stadtviertel, etwa eine Viertelstunde Fußweg entfernt, und der einzige wirkliche Unterschied bestand darin, dass hier die Straßen nach berühmten Komponisten benannt waren, von denen ja einige unter depressiven Schüben gelitten hatten. Es verfügte über ein Holztreppenhaus, an dem die Bohnerwachsdynastien ein Vermögen verdienen mussten. Wir betraten die neue Wohnung und der Troll biss sich sofort zur Spitze durch, um im Sturmschritt sämtliche Zimmer kritisch zu begutachten. Nach wenigen Minuten waren die Würfel gefallen und er hatte sich von den fünf Zimmern das eindeutig Beste auserkoren. Mit ausgestrecktem Zeigefinger und der Miene eines römischen Imperators deutete er hinein und erklärte es für okkupiert. Niemand wagte es, zu widersprechen. Die Wohnung hatte einen sehr langen und schmalen Flur. Auf der linken Seite wurde das erste Zimmer zum Wohnzimmer erklärt, das zweite war das schöne große Erkerzimmer, das der Troll kampflos erobert hatte. Auf der rechten Seite ging eine Tür zur Wohnküche und von dieser gelangte man in das Elternschlafzimmer, von dem wiederum das letzte und kleinste Zimmer abzweigte, und dies war für den Schmetterling und mich zur gemeinsamen Nutzung bestimmt. An die Wohnküche war noch ein Wintergarten angebaut. Sowohl von diesem als auch von Schmetterlings und meinem Zimmer hatte man Sicht auf den begrünten Hinterhof, an dessen Ende eine Reihe von hohen Pappeln stand. Endlich würden der Schmetterling und ich jeder ein eigenes Bett haben. Abgesehen davon und der fast doppelten Größe der neuen Wohnung im Vergleich zur alten, war es auf sanitärem Gebiet nicht gerade jubelauslösend, denn auch hier gab es kein Badezimmer und das WC war draußen im Treppenhaus einen halben Stock tiefer, während wir es davor in der Wohnung hatten. Man musste sich bei seinem Geschäft beeilen, um nicht am Sitz festzufrieren, was dem Schmetterling die Gewohnheit austrieb, sich stundenlang darin zu verbarrikadieren. Nach unserem Einzug forderte der Troll den Schlüssel zu seinem Zimmer, was ihm aber verweigert blieb. Der Schmetterling fragte gar nicht erst danach und selbst der Toilettenschlüssel wurde abgezogen und irgendwo versteckt. Der Troll untersagte jedem den Zutritt zu seinem Zimmer und drohte für den Fall der Zuwiderhandlung mit fürchterlichen Strafen.

17

Wir gewöhnten uns so langsam ein. Für mich bedeutete der Umzug einen Schulwechsel, was dem Troll und dem Schmetterling erspart blieb, da für beide die Schulzeit schon vorbei war. Die Schneekönigin ging mit mir in das neue Gebäude, um mich anzumelden. Beim ersten Anblick der Rektorin blieb mir fast das Herz stehen. Sie war etwas missgestaltet, wozu sie sicherlich nichts konnte, aber meine Beinmuskeln bereiteten sich vorsichtshalber schon einmal auf die Flucht vor. Sie hinkte, ging dadurch krumm und eines ihrer Augen schielte unkontrolliert himmelwärts. Ihre Gesamtausstrahlung war streng diszipliniert und auf einer Richterskala von 1 bis 10 kam sie im Themenbereich Wärme und Güte gerade mal auf 1. Mir sank all meine vorher mühsam aufgebaute Tapferkeit auf den Nullpunkt. Wenn ich auch dem früheren Lebensumfeld nur in Teilen nachtrauerte, so hatte ich immerhin bisher mit der Schule Glück gehabt, in der mich eine liebe, freundliche Lehrerin ohne äußerlich erkennbare

Verunstaltungen unterrichtete. Diese Rektorin hier, die nicht ohne Stolz verkündete, in mehreren Unterrichtsfächern auch meine Lehrerin zu sein, hatte eine verteufelte Ähnlichkeit mit den Kindererschreckern, und in diesem Fall war Davonlaufen ausgeschlossen. Ich nannte sie insgeheim Rumpelstilzchen und versuchte, mich auf ihr feststehendes Auge zu konzentrieren, während meine Muskeln aus dem Modus einfach nicht mehr herauskamen.

Im neuen Haus gab es zwar auch einen Hof, aber im Gegensatz zum vorherigen war er winzigklein und wirkte düster. Der Hauswirt hatte sich einen Teil des Hofes abgetrennt und zu einem bescheidenen Garten umgestaltet, den niemand außer ihm betreten durfte, geschweige denn durften Kinder darin spielen. Ich hüpfte völlig einsam auf einer Fläche von maximal 15 Quadratmetern mit einem Springseil, wobei ich ständig an die Mülltonnen oder Pfeiler zum Wäscheaufhängen geriet. Ich gab es schnell wieder auf und verzog mich zurück in die Wohnung. Der Schneekönigin schien meine Anwesenheit lästig zu sein und ich beschloss lustlos, das Leben auf der Straße zu erkunden. In der Ferne sah ich eine Gruppe von Kindern, die mit irgendeinem Mannschaftsspiel beschäftigt waren. Aufgrund meiner im Dichterviertel erworbenen Erfahrungen näherte ich mich ihnen sehr langsam und vorsichtig. Ich setzte mich auf einen Fenstervorsprung und schaute ihnen stumm bei ihrem Treiben zu. Die Gruppe bestand aus mehreren Jungen und einem unförmigen Mädchen mit einem ziemlich lauten Mundwerk und etwas ordinärem Sprachschatz. Ohne Zweifel war sie die Anführerin. Während sie mich zunächst nicht beachteten, warf das Mädchen immer öfter einen Blick zu mir herüber, bis sie das Spiel mit einer Handbewegung unterbrach und mit den Jungen zu tuscheln begann. Ehe ich begreifen konnte, was das Ganze zu bedeuten hatte, rannten sie johlend zu mir hin, griffen mich an beiden Armen und schleppten mich mit vereinten Kräften in einen mir unbekannten Hinterhof, wo sie mich mit einem Seil an ein Regenabflussrohr fesselten. Die Jungs ließen sich im Schneidersitz vor mir nieder, während das Mädchen in filmreifer Manier ihren dicken Bauch wie ein Geschoss gegen meinen knallen ließ und hierbei forderte, ich solle singen. Wenngleich wir zu jener Zeit zu Hause noch über keinen Fernsehapparat verfügten, vermutete ich trotzdem einen Zusammenhang mit Kriminalfilmen und versuchte daher nicht, mit dem Anstimmen von „Alle Vögel sind schon da“ meine Situation zu verbessern. Ich wurde als Spion einer anderen Bande bezichtigt und mein Beteuern, diese nicht zu kennen, hielt sie nicht von einigen deftigen Ohrfeigen ab. Als dennoch nichts aus mir herauszuholen war, rannten sie grölend davon und ließen mich gefesselt zurück. Mein Gesicht brannte höllisch und ich versuchte, nicht so viel zu heulen. Der Hinterhof war dunkel und menschenleer, auch schaute niemand aus dem Fenster. Die Fessel ließ sich nicht lösen und schnitt mir ins Fleisch. Als so langsam die Dämmerung hereinbrach, verlegte ich mich aufs Hilfeschreien. In den Fenstern bewegte sich nichts. Ich bekam furchtbaren Hunger und hatte plötzlich die Vision von einem Skelett, das schlaff in den Fesseln hing, bis schließlich die Schneekönigin im Halbdunkel auftauchte.

Nach diesem einschneidenden Erlebnis mied ich neben dem trostlosen Hof auch die Straße. Auf dem Schulweg hin und zurück rannte ich stets die Strecke nahe unserem Haus und in der freien Zeit hielt ich mich mit Büchern oder Zeichenblock im Zimmer auf, das ich tagsüber ganz für mich hatte. Ich schaute auch gern und häufig aus dem Fenster zu den Pappeln hinüber, die eine friedliche und beruhigende Konstante in mein krisengeschütteltes Kinderleben brachten. Meine Märchen liebende kleine Freundin sah ich jetzt nur noch zu den Geburtstagen. Meine Ruinengefährtin traf ich noch weiterhin, aber sie kam nicht so gern zu mir, da sie auf dem Weg meistens der bauchlastigen Gangsterchefin in die Quere kam.

Ich entdeckte eines Tages, dass die städtische Leihbücherei nur fünf Minuten Fußweg von uns entfernt war. So gut wie jeden Nachmittag zog es mich magisch dorthin. Ich suchte mir eins der Märchenbücher und einen stillen Sitzplatz aus und versank dann für Stunden in der Welt der Feen, Riesen und Hexen. Ich kämpfte an der Seite der Guten gegen all das Böse, und wenn die Büchereiangestellte mich am Ärmel zupfte, weil sie schließen wollte, erwachte ich nur mit Mühe aus meinem tranceähnlichen Zustand. Die Schneekönigin wusste noch nichts von meiner neuesten Leidenschaft, schien aber zufrieden darüber zu sein, dass ich wieder mehr Zeit außerhalb der Wohnung verbrachte. Einmal verlor ich auf dem Schulweg einen kleinen Schmuckanhänger, den ich aus einem Kaugummiautomaten gezogen hatte. Nach dem Mittagessen gab ich der Schneekönigin bekannt, dass ich mich auf den Weg machen wolle, um ihn zu suchen, und sie erlaubte mir, nur eine Stunde fortzugehen, da noch die Hausaufgaben zu erledigen waren. Ich war noch nicht weit mit der Suche gekommen, als ich eine Schulkameradin traf, die auf dem Weg zur Bücherei war. Meine ursprüngliche Absicht wurde sofort von mir verworfen und ich ging mit ihr. Was bedeutete schon Schmuck im Gegensatz zu Büchern? Unsere Wege trennten sich im Gebäude und ich ergab mich mit Hingabe meiner Leselust. Als mir am Ärmel gezupft wurde, schaute ich aus dem Fenster und sah die Schneekönigin dort unten an der Straße stehen, in jede Richtung ratlos schauend. Mir wurde heiß und kalt bei dem Bewusstsein, dass ich die Zeit vollkommen vergessen hatte. Ich rannte hinaus zu ihr und erklärte ihr stammelnd, wo ich die ganzen Stunden gewesen war. Sie war zornesrot und eine Backpfeife landete in meinem Gesicht, wonach sie forderte, dass ich das nie wieder tun solle. Danach gingen wir schweigend zur Wohnung zurück und ich fragte mich Tränen unterdrückend, ob sie damit das Lesen oder das stundenlange Verschwinden gemeint hatte.

18

Gegenüber von unserem Haus zogen neue Mieter ein. Sie wohnten im Hinterhaus des Gebäudes, zu dem man durch die Hofeinfahrt gelangte. Die Schneekönigin verfolgte den Einzug misstrauisch durch die Wohnzimmergardine und irgendetwas an diesen Leuten schien ihr nicht zu gefallen, denn sie schärfte mir ein, mich von ihnen möglichst fernzuhalten und vor allem niemals ihre Wohnung zu betreten. Ohne ihre spontane Abneigung genauer zu spezifizieren, wandte sie sich ab und überließ mich meiner Fantasie. Ich betrachtete diese potenziell schlimmen Menschen weiterhin durch die Gardine, und außer dass sie alle schwarze Haare hatten und ihre Kleidung etwas ungewöhnlich aussah, blieb mir schleierhaft, was das tiefe Unbehagen der Schneekönigin ausgelöst hatte, vor allem, wenn ich bedachte, was es in dieser Gegend sonst an weitaus furchterregenderen Kandidaten gab. Ein Mädchen ungefähr in meinem Alter war auch dabei. Sie hüpfte unschlüssig auf einem Bein, und als ich die Gardine vorsichtig beiseiteschob, sah sie zu mir herauf und winkte schüchtern. Das Gebot der Schneekönigin mit schlechtem Gewissen ignorierend, winkte ich zurück und schloss dann schnell wieder die Gardine. In den folgenden Tagen schlich ich mich des Öfteren zum Wohnzimmerfenster, um die Hofeinfahrt zu beobachten, und meine Geduld wurde belohnt. Das Mädchen stand dort und schaute zu unserem Fenster hoch. Bei meinem Anblick bedeutete es mir mit Handbewegungen, ich solle doch zu ihr herunterkommen. Mich vergewissernd, dass die Schneekönigin nichts bemerkt hatte, schob ich einen Büchereibesuch vor und ging auf die Straße. Mir war klar, dass ich mich den Anordnungen der Schneekönigin widersetzte, aber schließlich musste doch irgendwer das Mädchen vor der Al Caponin und ihren Untertanen warnen, zumindest diente diese Erklärung der Beschwichtigung meines Gewissens. Das Mädchen sprach nur gebrochenes Deutsch, hatte ein einnehmend liebes Wesen und wir mochten uns sofort. Im Laufe meiner ersten Ermittlungen erfuhr ich, dass sie mit ihrer Familie aus Spanien gekommen war. Nach einer kurzen Zeremonie des Sich-Kennenlernens zog sie mich mit sich durch die Hofeinfahrt dem Hinterhaus zu, wogegen ich mich dann doch sträubte, aber nach einem schnellen Blick auf unsere Fenster ihrem fremdländischen Temperament nachgab und ihr folgte. Das Erste, was ich beim Betreten der Wohnung wahrnahm, war ein Geruch, den ich kannte. Er erinnerte mich an die Suppenmahlzeit von Märchenfreundins Oma. Die zweite Wahrnehmung war, dass mich überaus freundliche

Menschen in fremder Sprache baten, auf dem Sofa Platz zu nehmen, mir heiße Getränke und süße Backwaren hinstellten, mir über das Haar und die Wangen strichen und unentwegt lächelten. Ich konnte mich nicht erinnern, wann mir so etwas zum letzten Mal passiert war, und mutmaßte, meine heimlichen Wünsche an die Feen seien erfüllt worden. In jedem Fall zweifelte ich zum ersten Mal ernsthaft die Urteilsfähigkeit der Schneekönigin an. Zu späterer Stunde schlich ich in Detektivtaktik zurück zu unserem Haus und beschloss, ihr einfach nichts davon zu erzählen. Meine ab jetzt regelmäßigen Besuche bei meiner Wahlfamilie blieben mein Geheimnis.

19

Die Sommerferien verliefen im Allgemeinen ereignislos, weil wir aus Geldmangel nie irgendwohin verreisten. In diesem Jahr aber fuhren der Schmetterling und ich zu unseren Großeltern, weit hinunter in den Südosten der Bundesrepublik. Der Schmetterling hing sehr an der Oma, wo er in frühester Kindheit schon einmal ein ganzes Jahr verbracht hatte. Mir blieben die Großeltern immer ein bisschen fremd. Der Eisenhans fuhr als Reiseleiter mit und blieb ein paar Tage. Die Großeltern wohnten ländlich und auf den sanitären Komfort bezogen noch altertümlicher als wir. Das Klo war in einem Holzhäuschen mit Herzfenster, das etwas vom Haus entfernt lag. Ich konnte mich nie entscheiden, vor was ich mich mehr ekelte, vor den Fliegen oder vor den Spinnen, welche sich gleichberechtigt diesen Wohnraum teilten. Die Wiesen nahe des Hauses waren über und über mit Wildblumen bedeckt und der blaue Himmel schien unendlich zu sein. Es war ein krasser Gegensatz zu den schwarzen Häuserschluchten meiner Heimatstadt und meine Seele tankte auf. Während unseres Aufenthaltes fand im Dorf ein Fest statt. Ein riesiges Zelt war aufgebaut und innen mit Biertischgarnituren bestückt. Ganz vorn auf einem Podest war die Bühne. Unser Opa ging eines späten Nachmittags mit uns dorthin. Das Zelt war brechend voll, überall auf den Tischen standen riesige Bierkrüge und auf dem Podest spielte eine Blaskapelle. Wir saßen direkt unterhalb der Tuba. Der Opa hatte sich Brathendl und eine Maß bestellt. Die Qualität der musikalischen Darbietung ließ seiner Meinung nach zu wünschen übrig. Nachdem er eine weitere Maß konsumiert hatte und sich die Pseudo-Egerländer nicht zu einer Steigerung ihres Könnens aufraffen konnten, bewarf er die Musiker mit Hühnerknochen, wobei ein größeres Teil in die Tuba fiel. Das Blasen hatte abrupt ein Ende, und bevor man den Opa lynchen konnte, zerrten wir ihn zu beiden Armen untergehakt aus dem Zelt und so schnell und weit wie möglich vom entweihten Schauplatz weg, bis wir atemlos in Sicherheit waren. Langsam kam beim Schmetterling und mir das Glucksen hoch und dann lachten wir, bis uns alle Eingeweide wehtaten. Am Abend wollte der Opa noch einmal zum Festzelt, was ihm von der Oma strengstens verboten wurde, die keinerlei Verständnis für alkoholisch bedingte Ausschweifungen aufbringen konnte.

20

Die Ferien waren vorbei und der trübselige Alltag in der Großstadt ging seinen Lauf. Der Troll besuchte seit einiger Zeit eine Tanzschule, ging sonntags zum Tanztee und hatte einen Freund, den er zunehmend öfter mit zu uns nach Hause brachte. Er schien nicht so richtig zu ihm und zu uns zu passen, denn er hatte feinere Umgangsformen, eine freundlich-kultivierte Art mit einem bemerkenswerten Humor. Manchmal nahm er am Abendessen teil, aber der Troll wollte ihn nicht mit uns teilen und verbrachte möglichst viel Zeit mit ihm im Erkerzimmer. Er hatte etwas von einem Prinzen und, wer weiß, vielleicht könnte er den bösen Troll von seinem Fluch befreien, indem er ihn an die Wand warf, wachküsste oder ihm einen linken Schuh überzog – mir wäre alles recht gewesen, wenn nur der Troll danach zu einem erträglichen Wesen geworden wäre. Momentan war er davon aber noch weit entfernt und ließ seine Übellaunigkeit gerne an mir aus, was den Prinzen häufig dazu bewegte, beschwichtigend einzugreifen und mir aufmunternd zuzulächeln. Dies brachte ihm schräge Blicke vom Troll und Dankbarkeit von mir ein. Einmal, als sie sich wie gewohnt in ihre Erkerhöhle zurückgezogen hatten, nahm ich meinen ganzen Mut zusammen und klopfte mit meinem Poesiealbum in der Hand an ihre Tür. Ungehalten knurrte der Troll von innen eine Aufforderung, einzutreten, und als er mich gewahrte, zischte er, ich solle verschwinden. Der Prinz aber stand auf und fragte lächelnd, was ich wolle. Ich erklärte stotternd, von ihm einen Eintrag ins Album haben zu wollen, und er nahm es mir aus der Hand, mit dem Versprechen, meine Bitte zu erfüllen. Ich zog die Tür hinter mir zu und hörte noch, wie der Troll dem Prinzen zubrummte, er solle das Blag nicht immer in Schutz nehmen. Ich wünschte, der Prinz nähme mich mit auf seinem Schimmel, wir ritten mit wehenden Haaren zu seinem Schloss und ließen das gesamte Schattenreich hinter uns mit Stumpf und Stiel im Erdboden versinken.

21

Die Unterrichtseinheiten beim Rumpelstilzchen waren eine Qual. Montagmorgens fragte er uns stets als Allererstes, wer am Sonntag nicht in der Kirche gewesen sei. An meinem ersten Montag in dieser Schule hob ich arglos die Hand, weil ich nämlich am Sonntag krank gewesen war. Außer mir meldete sich niemand und den Grund dafür erkannte ich augenblicklich. Es folgte eine Art Inquisition, in der mein Abwesenheitsgrund infrage gestellt, der Gläubigkeitsgrad meiner Angehörigen zu ermitteln versucht wurde und die mit einer ausschweifenden Belehrung samt Katechismuszitaten endete. Ich brauchte mindestens eine Unterrichtsstunde, um mich davon zu erholen.

Im Kommunionsunterricht, den Rumpelstilzchen ebenfalls abhielt, wollte er von jedem Einzelnen wissen, welche Gebotsverstöße er samstags gebeichtet habe. Hellhörig geworden, beließ ich die Schilderung angedenk meiner heimlichen Besuche der spanischen Wahlfamilie bei Ungehorsam gegen Vater und Mutter.

Meine betonähnliche Hautveränderung blieb spätestens im Sommer nicht mehr verborgen. Rumpelstilzchen legte mir nahe, dass jeder nicht ohne Grund sein Kreuz zu tragen habe. Sein eines Auge schielte dabei wie immer nach oben, und als er davonhinkte, hoffte ich beim verstohlenen Hinterherschauen den Huf entdecken zu können. Eine andere Befürchtung von mir war, dass mir der froschäugige Geistliche in anderer Gestalt in die neue Kirchengemeinde gefolgt war. Bei meinem nächsten Beichtstuhlbesuch beobachtete ich scharf das Gitter, aber selbst bei den haarsträubendsten Enthüllungen blieb es dahinter still und es ließ sich auch kein Auge blicken. Erleichtert verließ ich die Kirche in dem Bewusstsein, wenigstens einem der Alpträume entronnen zu sein.

22

Als Rumpelstilzchen einmal krank war, endete der Unterricht eine Stunde früher als sonst. Als ich heimkam, stand die Haustür offen und ich brauchte nicht zu klingeln. Die Wohnungstür verfügte nur über eine Türklinke, und wenn nicht gerade von innen zugesperrt war, konnte man einfach eintreten. Im Flur hörte ich, dass die Schneekönigin in der Küche mit jemandem sprach. Es war eine Männerstimme, die ich nicht kannte. Mein Heimkommen war nicht bemerkt worden, da ich die Tür vorschriftsmäßig leise geschlossen hatte. Ich ging neugierig und leise zum Schlüsselloch. Ein Mann war genau in meinem Blickfeld. Er war zierlich, trug eine Brille und an seinem Gesichtsausdruck konnte man erkennen, dass er viel Kummer hatte. Er saß auf einem Küchenstuhl, während die

Schneekönigin hin- und herlief. Als ich mir noch das Gehirn zermarterte, wer das sein könnte, ging die Schneekönigin plötzlich zu ihm hin und küsste ihn auf den Mund. Ich hielt die Luft an. Mir war, als würde kochendes Wasser auf meinen Kopf geschüttet und Steinbrocken zerbröselten in meinem Hirn. Nachdem ich mich aus meiner Erstarrung gelöst hatte, ging ich leise zurück, wieder in das Treppenhaus und kam dann mit hörbaren Geräuschen in die Wohnung. Der Mann saß genau wie zuvor auf dem Stuhl. Die Schneekönigin wunderte sich, dass ich schon da war, und stellte den Mann als den für unser Viertel zuständigen Zeitschriftenvertreter vor. Sie konnte ja nicht wissen, was ich vor einigen Minuten gesehen hatte, aber ich hatte Angst, dass man es mir ansehen konnte. Das Gefühl auf meinem Kopf war immer noch da und ich bildete mir ein, mein Gesicht müsse knallrot sein. Der kleine Mann gab mir die Hand und schlug einen Ausflug mit seinem Auto vor. Da ich Schneekönigins Begeisterung an den Sonntagnachmittagen kannte, warf ich ihr einen zweifelnden Blick zu, aber sie griff sofort zu Handtasche und Jacke, ohne mit der Wimper zu zucken. Es stellte sich heraus, dass der kleine Mann einen weißen Käfer fuhr und sehr spendabel war. Wir fuhren aus der Stadt hinaus aufs Land, wo wir in einer Gastwirtschaft großzügig zu Speis und Trank von ihm eingeladen wurden. Er war überhaupt sehr nett und ich mochte ihn. Die Schneekönigin schien mit der anderen, die ich sonst und insbesondere an den Sonntagen erlebte, nicht verwandt zu sein. Sie starrte nicht wie versteinert aus den Käferfenstern, sie verzog nicht genervt das Gesicht, wenn der kleine Mann etwas sagte, und seine gute Laune war ihr auch nicht lästig, im Gegenteil, sie lachte ständig und sie hatte auch keine Hustenanfälle. Ich beobachtete sie aus den Augenwinkeln und suchte in meiner Märchenwelt nach einer Erklärung für diese mir unbegreifliche und unheimliche Verwandlung. Später brachte er uns nach Hause, bevor der Troll und der Schmetterling eintrafen. Die Schneekönigin zog ihre Jacke aus, hängte ihre Handtasche weg und beugte sich zu mir hinunter. Sie griff mein Kinn zwischen Daumen und Zeigefinger, hatte ihren wohlbekannten Gesichtsausdruck zurückerlangt und schärfte mir mit Eisaugen in zehn Zentimeter Abstand zu meinem Gesicht streng ein, niemandem, NIE-MAN-DEM jemals davon etwas zu erzählen. Ich hatte gerade noch Zeit, langsam zu nicken, und dann kam als Erster der Troll nach Hause.

Der kleine Mann war jetzt häufiger da, wenn ich von der Schule heimkam.

Die Käferausflüge wurden zu einer festen Einrichtung, in deren Verlauf ich ein bisschen mehr von dem Leben des kleinen Mannes erfuhr. Er hatte auch eine Tochter in meinem Alter. In seinem Familienleben schien es irgendwie genauso schiefzulaufen wie bei uns. Ich fing an, mir vorzustellen, wie es wäre, wenn er mein Vater sei anstelle des Eisenhans, und ob ich der Schneekönigin wundersamer Verwandlung dann nicht mehr nur für wenige Stunden beiwohnen dürfe. Jedes Mal bei unserer Rückkehr ließ sie an der Haustür ihre fröhliche Miene, ihre entspannte Stimmung, wie eine Maske fallen und in nichts mehr war die Frau zu erkennen, die sie in den letzten 120 bis 180 Minuten gewesen war. Ich hatte große Schwierigkeiten mit diesem Dr.-Jekyll-Mr.-Hyde-Szenario, weil ich nach diesen Ausflügen immer in höheren Sphären schwebte und mich nicht gern aus diesen in die Realität katapultieren lassen wollte. Aber es war, wie es war, ich hatte wieder einmal für eine kurze Zeitspanne eine Schneekönigin gesehen, die aufrecht ging, lachte und nicht hustete, und die blitzschnell mutierte zu einer gebeugt schlurfenden, Hustenanfall geplagten und zutiefst deprimiert wirkenden Frau mit eisigem Blick. Ich war zu ihrer Komplizin geworden, ohne dass ich die große Wahl gehabt hätte, und mein Unbehagen ob dieses Zustands wurde nur durch den kleinen Mann aufgewogen, der sich mehr und mehr Platz in meinem Herzen schuf.

23

In dieser Zeitspanne wurde ich jede Nacht von Alpträumen verfolgt. Nicht, dass ich früher keine Alpträume gehabt hätte, aber die Themen hatten sich verändert. Während in der Vergangenheit mehr der Klassiker vorkam, in dem ich von einem unbekannten Mann verfolgt wurde und meine Beine wie festgeklebt bei der Flucht nicht vorankamen, so wurden die Träume jetzt abstrakter. Einer dieser Träume würde mich in den nächsten Jahren treu begleiten.

Ich ging in einen leeren Raum, in dem außer einem langen Tisch, einer Tafel gleich, nichts stand. Der Raum war im Halbdunkel. Auf diesem Tisch standen dicht an dicht schmutzige Trinkgläser in allen möglichen Formen und Größen. Ich trat zu dem Tisch, streckte meinen Arm aus, der eine Länge von annähernd eineinhalb Metern erreichte, und fegte mit einer einzigen ruhigen Bewegung all diese Gläser zu Boden. Dann drehte ich mich um, ging zur Tür und schaute noch einmal zurück. Der Tisch war wieder dicht an dicht vollgestellt mit schmutzigen Gläsern.

24

Der Schmetterling hatte seine Liebe zum Tanzen ebenso entdeckt, hielt sich aber nicht sehr lange mit öden Tanzteeveranstaltungen auf und ging lieber gleich in eine der aus dem Boden sprießenden Diskotheken. Wenn seine Freundin, die seine Diskoleidenschaft teilte, zu Besuch war, lehrten sie mich in unserem gemeinsamen Zimmer die neuesten Verrenkungen. Der Schmetterling bereitete sich samstags immer sehr lange auf die Tanzabende vor und niemand durfte dabei stören. Das Schminktäschchen war das wichtigste Utensil, das wie eine Kostbarkeit gehütet wurde. Vor der Prozedur war ein netter, aber eher unscheinbarer Nachtfalter ins Zimmer gegangen und heraus kam mindestens ein Tagpfauenauge. Die künstlichen Wimpern stießen an die Augenbrauen, der kühne Lidstrich glich beinah einer Demarkationslinie, das Rouge verhüllte mit Vehemenz die milden Pausbäckchen, aber das Beste waren die falschen Fingernägel, die dem Aussehen nach mit Sicherheit waffenscheinpflichtig sein mussten. Nach ihrer samstäglichen Entpuppung gönnte ihr in unserer Familie kaum einer so richtig den Triumph über die Überlistung der gottgewollten Durchschnittlichkeit. Der Troll schnaubte bei ihrem Anblick verächtlich durch die Nüstern; der Eisenhans, sofern er denn zu Hause war, ließ eine despektierliche Bemerkung fallen, die etwas mit geschmückten stämmigen Tieren zu Pfingsten zu tun hatte, und die Schneekönigin lachte einfach nur gequält mit nach oben verdrehten Augen. Das Tagpfauenauge hatte Mühe damit, die allgemeine Schmach auszuhalten, und beeilte sich daher, in die Disko zu entkommen.

Der Schmetterling hatte eine hartnäckige Angewohnheit, die die Schneekönigin jeden Samstag zur Weißglut brachte. Niemals kam er zu der angeordneten Uhrzeit nach den Diskobesuchen heim, sondern konsequent immer eine halbe Stunde zu spät. Danach hätte man wirklich die Uhr stellen können. Woran es nun gelegen hatte, ob die Ausreden von verpasster Straßenbahn, Armbanduhr stehengeblieben oder sonst welcher Widrigkeiten stimmten, war nicht festzustellen. Die Schneekönigin überwachte strengstens die Zeiten und das übliche Strafgericht war sicher.

Hingegen der Troll genoss alle Freiheiten. Niemand wusste, wann er kam, wann er ging, ob der Prinz bei ihm im Erkerzimmer übernachtete und was sie überhaupt so taten.

Eines Abends kam der Schmetterling wie gewohnt eine halbe Stunde zu spät nach Hause und ein Gewitter der Schneekönigin entlud sich über ihm. Ich lag im Bett und lauschte dem Donner. Als der Schmetterling notgedrungen durch das Elternschlafzimmer in unser Zimmer ging, warf er der Schneekönigin die Bemerkung zu, es sei an der Zeit, dass man ihr etwas in den Kaffee tue. Ich grübelte ohne Ergebnis, was er damit gemeint hatte.

Und wieder einmal war es Samstag. Die Schneekönigin harrte in Nachthemd und Morgenrock grimmig in der Küche aus, um die verspätete Ankunft des Schmetterlings wie gewohnt dramaturgisch zu würdigen. Aber der Schmetterling kam nicht. Er kam auch eine Stunde später nicht. Die Schneekönigin, deren Zorn sich proportional zu den verspäteten Minuten zur Höchstform hochgeschraubt hatte, kam ins Wanken. Zunächst ging sie in der Küche auf und ab, schaute dann unentwegt aus dem Wohnzimmerfenster und beschloss endlich, sich anzuziehen und zu Fuß die Wohnung von Schmetterlings Freundin anzusteuern, um dort vielleicht etwas zu erfahren. Als sie gegangen war, nahm ich den Beobachtungsplatz am Wohnzimmerfenster ein. Es passierte lange Zeit rein gar nichts, bis plötzlich ein Auto sehr langsam in die Straße einfuhr. Ich hörte eine mir bekannte Stimme „MAMA!" schreien, daraufhin öffnete sich eine Wagentür und ich sah im Licht der Straßenlaterne, wie jemand aus der Tür fiel und einen sehr langen Schatten erzeugte. Das Auto raste davon. Zwei Minuten später saß ein verheulter, demoralisierter Schmetterling mit verschmiertem Make-up und Schrammen am Arm auf dem Küchenstuhl. Sogar einer der falschen Fingernägel fehlte, was ihrer Hand ein groteskes Aussehen verlieh. Die Schneekönigin war von ihrer Forschungsaktion noch nicht zurück. Der Schmetterling erzählte mir unter Schluchzen eine irre Geschichte von Zwillingsbrüdern, die er und seine Freundin in der Disko kennengelernt und von denen sie zur Heimfahrt im Wagen eingeladen wurden. Die wahren Absichten der sauberen Brüder hätten sich nach Antritt der Fahrt offenbart und seien im Bereich sexueller Straftaten einzuordnen gewesen. Die Freundin habe man nach ihrem Hinweis auf ihre derzeit stattfindende turnusmäßige Unpässlichkeit an irgendeiner Straßenecke aussteigen lassen. Danach fuhr das Duo mit dem Schmetterling auf dem Rücksitz quer durch die Stadt auf der Suche nach einem unbelebten Wohngebiet. Zufällig seien sie dabei durch unsere Straße gekommen und der Schmetterling habe Übelkeit vorgetäuscht, so dass die Brüder ein wenig ihr Fenster öffneten. Sodann habe sie auf Höhe unseres Hauses den Schrei von sich gegeben, den ich gehört hatte, was zur Folge hatte, dass die beiden Herren sie in hohem Bogen aus dem Wagen warfen. Nachdem der Schmetterling etliche Taschentücher verbraucht und das Make-up bis zur Unkenntlichkeit überall im Gesicht verteilt hatte, hörten wir die Wohnungstür. Die Schneekönigin betrat die Küche. Offensichtlich hatte sie die ganze Geschichte brühwarm von der Freundin des Schmetterlings erfahren, und ohne sich lange irgendwelche Erklärungen anzuhören, schlug sie zu und hörte nicht mehr auf. Der Schmetterling schrie und versuchte sich vergeblich mit den Händen zu schützen. Als die Flügel bereits gefährliche Knicke bekamen, warf ich mich dazwischen. Die Schneekönigin blitzte und zischte mich mit Schaum vor dem Mund an, ich solle mich nicht einmischen, aber der Schmetterling konnte entfliehen und warf unsere Zimmertür hinter sich zu. Er weinte lange in dieser Nacht, meine Furcht vor der Schneekönigin mischte sich mit Abscheu und ich ahnte so langsam, was der Schmetterling vor kurzem gemeint hatte.

Seine Diskobesuche gab er nach diesem Erlebnis nicht auf, stieg aber nie wieder in Autos fremder Männer und kam nach wie vor eine halbe Stunde zu spät nach Hause. Nach jener Nacht kümmerte sich die Schneekönigin nicht mehr darum und ignorierte die Verstöße vollständig. Sie drehte sich noch nicht einmal im Bett herum, wenn der Schmetterling vorbeihuschte.

25

Außer meiner kleinen Spanierin hatte ich in dem anderen Viertel und auch in der neuen Schule keine wirklich richtige Freundin gefunden. Einmal ging ich aus Einsamkeit in die alte Straße und in den Hof, wo ich früher immer meine Realität weggeträumt hatte. Es waren kaum noch Kinder da, die ich kannte, und ich fühlte mich auch dort fremd und allein. Die Bücherei wurde immer mehr zu meinem Zufluchtsort und zusätzlich nahm ich mir Lesestoff mit nach Hause. Ich blieb stundenlang in dem kleinen hinteren Zimmer, vertieft in die Bücher, und oft schaute ich sehr lange hinaus auf die Pappeln. Am liebsten mochte ich es, wenn ein sanfter Wind die Blätter zum Rascheln brachte. Sie flüsterten miteinander und schienen mir zuzunicken. Eines Tages tobte ein fürchterlicher Sturm. Ich kämpfte mich schwer gebeugt von der Schule nach Hause durch und sah schon von weitem die Feuerwehr in der Nähe unseres Hauses stehen. Es brannte aber nichts und ich konnte es mir nicht erklären. Als ich das kleine Zimmer betrat, sah ich sofort, was geschehen war. Meine Lieblingspappel, die genau in Sichtweite vor dem Fenster gestanden hatte, war umgestürzt und die Feuerwehrmänner zersägten den Stamm. Ich starrte fassungslos hinunter und mein Herz hämmerte. Ich konnte mich nicht abwenden und dicke Tränen liefen mir über das Gesicht. Die Schneekönigin war von mir unbemerkt hereingekommen, blickte mich abschätzig von der Seite an und begriff zuerst nicht. Als ihr der Grund für meinen Zustand klar wurde, fing sie an, gackernd zu lachen, und mokierte sich darüber, wie man über einen umgefallenen Baum heulen könne. Sie schien sich geradezu an meinem Elend zu ergötzen und verließ einige Zeit später glucksend den Raum, mich in Trauer und ohnmächtiger Wut zurücklassend. Am Abend konnte sie es nicht erwarten, in versammelter Runde wiederum gackernd das Ereignis des Nachmittags herauszuposaunen. Der Troll reagierte erfahrungsgemäß, der Schmetterling lachte pflichtschuldig mit und schaute diskret mitfühlend. Ich fragte mich an diesem Abend, ob mein Leben immer so weitergehen würde wie jetzt. Im Radio wurde damals sehr häufig ein Lied gespielt, in dem der Tod eines Baumes besungen wurde. Jedes Mal, wenn der Song lief, schaute mich die Schneekönigin feixend an und ich flüchtete in das hintere Zimmer, um dem Hohngelächter zu entgehen und in meine Traumwelt abzutauchen.

26

Die Atmosphäre in der Familie wurde immer gereizter. Der Troll weigerte sich schon lange entschieden, an irgendwelchen Sonntagsausflügen teilzunehmen, und der Schmetterling hängte sich an. Die Schneekönigin hatte sich sowieso noch nie darum gerissen und der Eisenhans hatte auch keine Ambitionen mehr. Der Troll wurde nur noch selten gesichtet, allenfalls zu den Mahlzeiten, die er wortkarg und mürrisch zu sich nahm, um dann möglichst schnell in die Erkerburg oder gleich ganz aus der Wohnung zu verschwinden. Angelegentlich hatte er verlauten lassen, dass er sich schämen müsse, Leute mit nach Hause zu bringen, da es bei uns wie im Mittelalter zugehe. Die Schneekönigin guckte beleidigt und ich hatte keine Ahnung, wovon der Troll geredet hatte. Wenige Wochen später wurde es dann klarer, denn der Troll hatte vor, der Schneekönigin zum Muttertag ein Service zu schenken, was er finanziell natürlich allein nicht schultern konnte und den Schmetterling zur Beisteuerung einiger Scheine nötigte. Bisher aßen wir von bescheidenen weißgrauen Tellern mit geschwungenen Rändern, die teilweise an Abgeschlagenheit litten. Das sollte nun anders werden und wir platzten vor Neugier, als die Schneekönigin das Geschenk auspackte. Das Weiß war ein bisschen weniger grau und der Innenrand war mit unzähligen Porzellan-Noppen versetzt, die sich bis fast zum Boden der Teller erstreckten. Die Schneekönigin kniff die Augen zusammen, lachte etwas bemüht und versuchte sich zu freuen. Auf jeden Fall wurden die neuen Prachtstücke sofort für das Mittagessen eingesetzt. Während man früher während des Essens allenfalls Schlürfer, schlimmstenfalls Rülpser und bestenfalls Kaugeräusche vernahm, so geriet die Prozedur der Nahrungsaufnahme von jetzt an zu einer schrill-schrägen Kakofonie, da die Löffel, Gabeln und Messer von fünf Personen unaufhörlich über die Noppen ratschten und einen ohrenbetäubenden Krach verursachten. Die Schneekönigin verstaute nach dem Abspülen die neuen Musikinstrumente im Wohnzimmerschrank und holte sie nur zu den Sonn- und Feiertagen heraus.

27

Die Schneekönigin trug einen sehenswerten Verband an einem Unterarm. Sie hatte den Troll, den Schmetterling und mich zu einer Versammlung beordert, in deren Verlauf sie den Eisenhans bezichtigte, sie durch die Tür des Wintergartens gestoßen zu haben, wobei sie sich Schnittverletzungen am Arm zugezogen habe. Die genannte Tür indes war völlig unversehrt geblieben. Sie kündigte an, einen Rechtsanwalt aufsuchen und sich scheiden lassen zu wollen, sofern wir bedingungslos zu ihr hielten. Der Troll schnaubte mit grimmigem Gesicht eine Zustimmung, der Schmetterling wagte es nicht, seine Loyalität zu verweigern, und ich hatte sowieso keine Wahl. Wir wurden darauf eingeschworen, uns nicht dem Eisenhans gegenüber zu verraten, bis er das offizielle Schriftstück zugestellt bekomme. Am Küchentisch herrschte verhaltene Aufbruchstimmung.

Das Schreiben vom Rechtsanwalt flatterte bald herein. Der Eisenhans tobte und leugnete die Anschuldigungen. Die Schneekönigin verfrachtete als Erstes das Bettzeug ihres zukünftigen Ex-Gatten ins Wohnzimmer auf die Couch. Der Eisenhans konstatierte fassungslos das Niedergehen einer Ära. Sein nächtliches Heimkommen erlangte ab nun eine Quantitätssteigerung im Bereich Sound und unsere Nachbarn müssen Großabnehmer von Ohrenstöpseln geworden sein. Da die deutsche Rechtsprechung in diesen Fällen ein Jahr Möglichkeit zur Versöhnung vorgesehen hatte und die Schneekönigin nichts damit im Sinn hatte, war auch keine Unterlassung des Protestkrawalls zu erwarten.

Eines Nachmittags, als die Schneekönigin, der Troll, der Schmetterling und ich am Küchentisch saßen, kam der Eisenhans herein, setzte sich hinzu und formulierte etwas unbeholfen eine Erklärung, eine Entschuldigung und ein Geloben der Besserung seines bisherigen Verhaltens, in der Hoffnung, die Schneekönigin würde den Scheidungsantrag zurückziehen. Man kann nicht behaupten, dass irgendjemand wohlwollend auf seine Ausführungen reagierte. Die Schneekönigin verzog verächtlich den Mund, der Troll schleuderte ihm entgegen, dass es dazu wohl zu spät sei, der Schmetterling kicherte nervös und ich beobachtete die Szene. Als der Eisenhans merkte, dass er verloren hatte, stand er auf, zitierte Götz von Berlichingen und schlug die Küchentür hinter sich zu. Ab sofort schlug er überhaupt jede Tür zu und ich war sicher, dass alle mit einem schlimmen Gehörschaden aus dieser Sache herausgehen würden.

Die Schneekönigin aber sann auf Abhilfe. Sie kaufte in einem nahegelegenen Eisenwarengeschäft Mini-Poller mit Gummikappe, die sie eigenhändig in den Holzboden schraubte, so nah an die Türrahmen, dass die vom Eisenhans frequentierten Türen nicht mehr zugingen. Selbstredend war die Tür des Trolls davon nicht betroffen, ebenso wenig die Eingangs- und die Schlafzimmertür.

Die Schneekönigin kicherte schon beim Anschrauben voller Vorfreude. Als dann der Eisenhans ahnungslos nach Hause kam, früh am Abend sogar, weil er immer noch auf ein Einlenken hoffte und daher seine guten Vorsätze einhielt, schlug ihm wie gewohnt kalte Ablehnung entgegen. Es gab ein kurzes Wortgemetzel und er wollte wie immer beim Hinausgehen die Tür zudreschen. Die Tür stoppte wie vorgesehen beim Poller und ließ ein Tremolo hören wie eine kaputte Zither. Der Eisenhans begriff zuerst nicht und versuchte es noch einmal. Als er sah, warum es keine Chance mehr gab, auf diese Weise seiner Wut Ausdruck zu verleihen, riss er seinen Mantel vom Haken und verließ das Haus, um ab sofort seinen alten Gewohnheiten treu zu bleiben.

Die Schneekönigin erspürte das Ausmaß seiner wachsenden hilflosen Raserei in keiner Weise und amüsierte sich königlich den ganzen Abend über ihre gelungene List. Ich konnte mich der allgemeinen Heiterkeit nicht anschließen und hatte eine sichere Vorahnung von kommenden Entgleisungen.

28

In der Schule plagte ich mich mit Turn- und Schwimmunterricht. Unsere Turnlehrerin hatte das Aussehen eines Dragoners und kannte keinerlei Gnade. An den Barren schlug ich mir beide Beine kaputt, weil es mir trotz größter Anstrengung nicht gelang, hinüberzuspringen, am Reck fehlte mir irgendwie die Schlangenkonformität und das Heraufklettern am Seil scheiterte schlicht an meiner Höhenangst.

Zur Steigerung kam dann noch der Schwimmunterricht hinzu. Bis auf drei Mitschülerinnen konnten alle schon schwimmen und die Lehrerin beließ uns aufsichtslos im Nichtschwimmerbecken, mit Schwimmhilfen ausgerüstet. Wir paddelten dort orientierungslos vor uns hin, bis irgendwann die sogenannte Schwimmhilfe ihren Dienst quittierte und ich unterging. Des Schwimmens immer noch nicht mächtig, hielt ich eine Hand aus dem Wasser, winkend und dabei ordentlich Wasser schluckend. Meine Mitnichtschwimmerinnen glaubten, ich sei nunmehr auf der Seite der Könner, und unternahmen nichts, bis die Lehrerin endlich mithilfe des Bademeisters die Situation erkannte und nach mir tauchte, eigentlich unnötigerweise, denn inzwischen war ich mit dem Kopf am Schwimmbeckenrand angekommen. Ich erwachte mit Blick auf mehrere Gesichter genau über mir, alle tropfend. Chlorwasser als Ursache war wahrscheinlicher als Tränen. Ich wurde nach kurzer Regenerationszeit entlassen und ich schwor mir, dieses in Becken gesperrte, nach Chlor stinkende Element fortan zu meiden. Von dem Vorfall erzählte ich zu Hause nichts, weil ich mir die mitfühlende Reaktion der Schneekönigin aus der Erfahrung heraus vorstellen konnte.

29

Jeden Samstag wurde bei uns das Mittelalter lebendig. Es war unser Badetag. Da es kein Badezimmer gab, musste hierzu ein riesiger Zuber aus Zink in der Küche aufgestellt werden. Dann kam alles, was zwei Henkel hatte und wie ein Kochtopf aussah, randvoll mit Wasser auf den Herd und diese Prozedur wurde mehrmals wiederholt. Es dauerte immer ziemlich lange, bis endlich so viel Wasser in dem Zuber war, dass man wenigstens bis zur Taille im Wasser saß. Zuerst badete die Schneekönigin, danach der Schmetterling und am Ende musste ich alles ausbaden. Der Troll entzog sich schon länger dieser Zeremonie und badete irgendwo anders. In der Küche hingen Schwaden wie in einem römischen Dampfbad. Die Schneekönigin wusch mir die Haare mit einem vom Arzt verschriebenen Mittel, das man mit Sicherheit auch zum Abbeizen von antiken Möbeln hätte verwenden können. Meine spitzen Schreie hielten sie aber nicht davon ab, die stinkende Paste möglichst intensiv auf meiner Kopfhaut zu verreiben. Ich war jedes Mal froh, wenn die Folterorgie vorbei war. Unsere Handtücher hatten starke Ähnlichkeit mit Schleifpapier und verhalfen einem ungewollt zu einem Peeling. Danach musste das ganze Badewasser wieder ausgeschöpft, der Zuber verstaut und der Küchenboden trocken gerieben werden. Wenn ich dann später im Bett lag, hielt das Jucken am ganzen Körper noch lange an, denn Körperlotionen gab es in unserem Haus keine.

30

Meine Vorahnungen sollten sich bald erfüllen. In einer Samstagnacht polterte der Eisenhans in die Wohnung. Dem Klang nach zu urteilen, lief er im Zickzack. Die Schneekönigin und ich waren allein, denn der Troll weilte außerhalb mit seinem Prinzen und der Schmetterling tanzte sich wie jeden Samstag die Seele aus dem Leib. Die Schlafzimmertür hatte die Schneekönigin abgeschlossen und wir hatten alle Lampen ausgeschaltet. Der Eisenhans klopfte an die Tür und begehrte lallend Einlass. Als von der anderen Seite keinerlei Reaktion erfolgte, wurde das Klopfen zum Hämmern und seine Stimme begann, überzuschnappen. Als sich drinnen immer noch nichts rührte, ging er zurück, nahm Anlauf und warf sich mit seinem vollen Körpergewicht gegen die Tür. Nach dem zweiten Akt bedeutete mir die Schneekönigin flüsternd, dass wir den Kleiderschrank vor die Tür stellen sollten. Wir schalteten eine Nachttischlampe ein, stiegen aus dem Bett und schoben ihn mit vereinten Kräften über das Linoleum, bis er sein Ziel erreicht hatte. Der Eisenhans hatte inzwischen Olympiareife in der Disziplin Türensprengen erlangt und man konnte bereits einen Lichtschein durch den berstenden Türrahmen sehen. Die Schneekönigin schaute triumphierend auf die Schrankbarriere und kicherte leise wie ein kleines Mädchen. Der Eisenhans hielt einen Moment inne und verkündete dann, die Axt aus dem Keller zu holen. Ich wandte mich still und mit Inbrunst an den Geschundenen. Die Schneekönigin saß, mit verschränkten Armen an die Rückwand gelehnt, auf dem Bett, mit Sicht auf die Tür, als ob sie einer amüsanten Theateraufführung beiwohnte, die mit der Realität nichts gemein hatte. Nach einer Weile kam der Eisenhans polternd zurück und vermeldete die Anwesenheit der Axt, die er einzusetzen gedenke, wenn nicht sofort die Tür geöffnet werde. Gerade, als er loslegen wollte, kam der Schmetterling mit der obligatorischen Halbe-Stunde-Verspätung nach Hause, erfasste sofort die Situation, bewies den Mut eines Löwen und brüllte den Eisenhans zusammen. Durch das lautstarke Eingreifen war er aus dem Konzept gekommen, murmelte noch irgendetwas Unverständliches, schwankte ins Wohnzimmer, warf sich hörbar auf die Couch und fing augenblicklich an, zu schnarchen, als ob er es bezahlt bekäme. Die Schneekönigin und ich schoben erneut den massigen Schrank umher, um den Schmetterling hereinzulassen, und schoben ihn dann vorsichtshalber wieder vor die Tür. Wenn ich eine Katze gewesen wäre, hätte ich in dieser Nacht fünf von meinen Leben verloren.

Am nächsten Morgen ging die Schneekönigin in den Keller, holte einen Hammer und Nägel, die normalerweise im Zimmermannsgewerbe verwendet werden, und schlug einen nach dem anderen seelenruhig in den geborstenen Türrahmen. Der Eisenhans kam verkatert aus dem Wohnzimmer, schaute ihr eine Weile zu, nahm ihr dann den Hammer aus der Hand und schlug die restlichen Nägel ein.

31

Die Studentenproteste erreichten so langsam ihren Höhepunkt, aber die Unruhen in den eigenen vier Wänden beschäftigten mich derart, dass die politischen Ereignisse mehr so an mir vorbeiliefen. Einen Fernseher gab es bei uns immer noch nicht, und wer wissen wollte, was draußen in der Welt vor sich ging, musste entweder Radio hören oder Zeitung lesen. Wenn ich zwischendurch einmal von den Nachrichtensendungen etwas mitbekam, lösten sie Angst und Schrecken bei mir aus und ich vergrub mich lieber in meine Bücherwelt. Die Märchen waren weitgehendst abgelöst worden durch spannende Detektivgeschichten und Romane, die am Buchrücken mindestens drei Punkte aufwiesen. Eins meiner Lieblingsbücher handelte von einer Familie mit neun Kindern, die in der Nähe eines deutschen Mittelgebirges am Waldrand idyllisch in einem renovierten Bauernhaus lebte. Der Vater wurde als streng, aber gerecht und gütig beschrieben, die Mutter als lieb, fürsorglich und aufopfernd. Die älteren Geschwister wurden als freundlich und hilfsbereit den jüngeren gegenüber geschildert. Böse, kleine und große Gemeinheiten schien es dort einfach nicht zu geben und das ganze Buch strotzte nur so von Heiler-Welt-Romantik. Ich träumte mich weg von meinem Horrorleben, in dieses Haus hinein, und mir war oft so, als ob ich wirklich mit am Tisch der Familie saß oder mit meinen Wahlgeschwistern im Garten herumtollte.

Der Schmetterling arbeitete in einem Schuhgeschäft und brachte hin und wieder nagelneue und moderne Sandalen oder spitz zulaufende Ballerinas für mich mit. Ich wunderte mich, woher er so viel Geld hatte, aber ich fragte nicht und freute mich lieber. Viel später erzählte er mir von so wundersamen Tricks wie Fehlbons verbuchen und anderen kaufmännischen Kniffen. In der letzten Zeit wurde er öfter von jungen Herren nach Hause gebracht, die durchaus im Zwei-Wochen-Turnus wechseln konnten. Der Schmetterling hatte einen außergewöhnlichen Geschmack und wir bewunderten mal einen fehlenden Schneidezahn, mal einen heftigen Silberblick. Ich vermutete, dass er sich in der dunklen Disko jeweils etwas voreilig verabredet hatte und erst bei Tageslicht die Bescherung entdeckte. Der Troll machte sich mit wahrer Inbrunst über Schmetterlings' Verehrer lustig und der Schmetterling konnte nicht kontern, weil an dem Prinzen einfach nichts auszusetzen war.

32

Die Monate gingen ins Land und die Scheidung war endlich rechtskräftig. In jenen Zeiten wurde noch über einen der Ehepartner der Stab gebrochen und in diesem Fall war der Eisenhans als schuldig befunden worden. Das alleinige Erziehungsrecht wurde der Schneekönigin zugesprochen, da dies, so stand es im Urteil geschrieben, dem Wohle der Kinder am besten diene. Zwischenzeitlich war uns die Wohnung gekündigt worden, wahrscheinlich, weil den Nachbarn der Kauf von Ohrenkorken langsam zu teuer wurde. Die Schneekönigin und der Eisenhans machten sich getrennt auf Wohnungssuche. Unsere Stadt war durch eine imaginäre Grenze getrennt, die durch die Bahnlinie gebildet wurde. Wer südlich der Schienen wohnte, gehörte zu denen, die mehr Geld verdienten, mehr Bildung genossen hatten und insgesamt über einen besseren Ruf verfügten als die Einwohner von der Nordseite. Wer von der Nordseite auf die Südseite wechseln wollte, hatte im Allgemeinen mit Schwierigkeiten zu rechnen. Wer weiblich war, noch dazu geschieden mit drei Kindern, sollte sich lieber gar keinen Illusionen hingeben. Die Schneekönigin wollte aber auf die andere Seite und bekam mit Lug und Trug den Mietvertrag für eine leidlich passable Zwei-Zimmer-Wohnung mit großer Küche. Das Highlight war das Badezimmer mit Toilette innerhalb der Wohnung. Die Schneekönigin führte ab jetzt eine Fantasieehe mit einem Industriefachmann, der fast immer auf Montage war und just zum Unterzeichnen des Mietvertrages im Ausland etwas zusammenschraubte. Der Eisenhans blieb bei seinen Leisten und fand eine Junggesellenbude ohne Bad mit Klo im Treppenhaus in einem berühmt-berüchtigten Viertel nördlich der Gleise. Vielleicht hatte er den Urteilsspruch doch ein bisschen zu wörtlich genommen.

Wir fingen an, zu packen. Die Schneekönigin, die trotz allem dem Hauswirt die Wohnungskündigung übel genommen hatte und sich ein bisschen rächen wollte, ermunterte uns, im hinteren Zimmer nach Belieben die von uns bezahlten Tapeten zu bekritzeln. Der Schmetterling und ich überboten uns gegenseitig beim Aufmalen von Namen bekannter Musikbands und verbrauchten dabei viele Filzstifte in schrillen Farben. Um das Happening zu vervollkommnen, zeichneten wir noch ein möglichst detailgetreues Spinnennetz in eine Ecke des Zimmers sowie mehrere Exemplare der normalerweise in solchen Geweben wohnenden Spezies auf exponierte Wandareale. Bis zum Auszug gruselten wir uns selbst vor unseren lebensecht nachempfundenen Erzeugnissen.

33

Der Umzugslastwagen kam an irgendeinem Arbeitstag in der Woche. Der Troll und der Schmetterling waren in ihren Arbeitsstellen und sollten nach Feierabend gleich in die neue Wohnung kommen. Die Möbelpacker räumten unsere Habseligkeiten hinaus, ich schaute ein letztes Mal aus dem Fenster auf die Pappelreihe mit der Lücke und stieg dann mit der Schneekönigin in den LKW. Wir fuhren durch die altbekannten trüben Wohnviertel Richtung Süden und überquerten die magische Linie. Ich kannte die Gegend nicht und wusste nicht, was mich hier erwartete, aber ich hoffte im Stillen auf eine geringere Anzahl Minderjähriger mit krimineller Energie.

Die Muskelmänner von der Spedition hatten gerade das Haus verlassen, wir hockten inmitten der Kisten, als die Schneekönigin mir als Erstes dringend ans Herz legte, bloß NIE-MAN-DEN von den Nachbarn jemals in die Wohnung hineinzulassen. Zur Unterstreichung ihrer Anordnung fuchtelte sie mir mit dem Zeigefinger vor der Nase herum. Ich hätte nicht genau sagen können, was sie denn mehr fürchtete – dass jemandem die nie hochgeklappte Klobrille und das Fehlen eines Rasiermessers auffallen könnte oder das Entdecken unserer ärmlichen Einrichtung.

Selbstverständlich beanspruchte der Troll das beste Zimmer der neuen Wohnung für sich, es war nicht nur das Größte von allen, es lag der Ausgangstür auch am nächsten, und es hatte als einziges ein Fenster zur Straße. Der Schmetterling schlief in der Wohnküche auf einer Ausklappcouch und ich im alten Ehebett neben der Schneekönigin. Dem Troll waren also keine größeren Nachteile entstanden, während der Schmetterling und ich keine Tür mehr zum Hinter-Sich-Zuziehen hatten und um Jahre zurück katapultiert worden waren. In den ersten Wochen wog die Erleichterung darüber, dass wir vom Eisenhans befreit waren, die Unannehmlichkeiten noch auf, aber der Schneekönigin mangelndes Einfühlungsvermögen in das Seelenleben heranwachsender Töchter ließen Troll und Schmetterling bald aufmurren.

In diesem Quartier der Stadt waren die Straßen weder nach Dichtern noch nach Komponisten benannt, sondern zum Teil nach Städten, die seit einigen Jahren hinter der Mauer lagen, die unser Land teilte. Zu unserem Haus gehörte auch ein Hinterhof, der durch den Keller zu erreichen war. Die Schneekönigin schien darüber erfreut zu sein und scheuchte mich alsbald dorthin zum Spielen. Als ich da unten verloren auf der Wiese stand, wusste ich mit einem Mal, dass diese Zeiten für immer vorbei waren.

34

Zu meiner neuen Schule musste ich ganz schön weit laufen. Als ich den Weg zum ersten Mal allein ging, schaute ich unentwegt nach rechts, links und hinter mich, aber weder in Hauseingängen, Toreinfahrten oder Büschen lauerten Monster in Kindergestalt. Auch traf ich keine emotional verhärteten Exsoldaten. Nach gut einer halben Stunde Fußweg kam ich unbehelligt an. Immer getreu dem Wahlspruch nach, dass man den Tag nicht vor dem Abend loben solle, betrat ich nicht allzu optimistisch die Klasse. Ein freundlicher kleingewachsener Lehrer mit Brille, der mich ein bisschen an den Zeitschriftenvertreter erinnerte, stellte mich vor und wies mir einen Sitzplatz an. Ich musterte verstohlen meine Mitschüler und Mitschülerinnen. Niemand von ihnen hatte ein verschlagenes Aussehen und sie sahen eher alle so aus wie die neun aus meinem Lieblingsbuch. In der Pause auf dem Schulhof gesellten sich gleich ein, zwei Mädchen zu mir, die mir aber weder das Pausenbrot aus der Hand reißen noch mir vor die Schienbeine treten wollten, sondern einfach nur neugierig auf mich waren. Beim Nachhauseweg stellte sich heraus, dass eine von ihnen sogar in der gleichen Straße wohnte wie wir, und daher gingen wir den Weg gemeinsam. Auch dieses Mal waren nirgendwo drohende Gefahren zu entdecken und meine neue Mitschülerin lief völlig entspannt neben mir her. Ich konnte den 360-Grad-Check aber nicht abschalten und versuchte, dabei nicht zu durchgeknallt auszusehen. Sie wackelte aber nur verständnissinnig mit dem Kopf und meinte, man merke, dass ich neu dort sei und mich erst mal eingewöhnen müsse. Mir war etwas schwindelig, als ich an diesem Nachmittag zu Hause ankam, ich war verwirrt über diese ersten Eindrücke und mir kam alles so unwirklich vor. In den nächsten Wochen gelang es mir ganz langsam und dann mehr und mehr, den gewohnten Brummkreiselgang abzustellen, und die Erinnerung an Rumpelstilzchen, Fatty the kid & Glasaugenjoe fingen an, zu verblassen.

35

Der Eisenhans brachte jeden Monat zum Ersten die gerichtlich festgelegte Unterhaltszahlung vorbei. Damals verfügte die Schneekönigin noch über kein Bankkonto. Wir waren immer noch im Mittelalter. Jedes Mal, kurz bevor seine Ankunft bevorstand, wäre ich am liebsten irgendwohin verschwunden, egal wohin, nur weg, denn seine One-Man-Show vor einigen Monaten hatte Spuren in meinem Hirn hinterlassen, ähnlich einer schlecht gepflegten Schallplatte, die immer an derselben Stelle festhängt. Normalerweise hätte man mit Geduld den Dreck aus der Rille herausputzen und die Nadel vom Filz reinigen können. Was mich betraf, hatte die Platte aber an der Stelle bereits einen tiefen Kratzer und die verfilzte Nadel in Form des Eisenhans klemmte an jedem Monatsersten wieder an der gleichen Stelle. Da die Schneekönigin aber mit ihm nicht allein sein wollte, bestand sie auf meiner Anwesenheit, denn für den Fall eventueller Übergriffe wollte sie einen Zeugen haben. Mit erhöhtem Puls sah ich dem Erscheinen des Eisenhans entgegen. Er kam stets mit Hut und Mantel herein, legte beides nie ab und setzte sich ruhig an den Tisch in der Wohnküche. Er sprach auch nicht allzu viel, legte irgendwann das Geld auf den Tisch und verließ die Wohnung wieder. Nie war er betrunken und er machte auch nicht den Eindruck, dass er unsere Möbel zerlegen oder der Schneekönigin ein Haar krümmen wollte. Ich beobachtete verblüfft diese Veränderung an ihm, der ich dennoch misstraute.

Zunehmend kam es vor, dass der Eisenhans außerhalb des Pflichttermins samstagabends vor der Tür stand. Da die Schneekönigin keineswegs davon erbaut war, wurden ab sofort Klingelzeichen für jeden von uns eingeführt. Wer anders klingelte, hatte keine Chance. Es gab ein paar Eingeweihte wie natürlich den Prinzen oder Schmetterlings beste Freundin. Am ersten Samstag, als es abends klingelte und eindeutig keinem der Codes entsprach, löschte die Schneekönigin alle Lampen und lauschte hinter der Eingangstür. Wir waren wie immer nur zu zweit, denn sowohl der Troll als auch der Schmetterling pflegten weiterhin ihre Gewohnheiten. Es klingelte noch einmal, aber dann schien der Eisenhans aufgegeben zu haben. Wir warteten noch eine Viertelstunde, atmeten auf und schalteten das Licht wieder ein. Am folgenden Samstag, fast zur gleichen Zeit, wiederholte sich Eisenhans' Versuch. Der Verlauf war zunächst genau gleich, jedoch verkürzte die Schneekönigin die Verdunkelung auf fünf Minuten. Zehn Minuten später ertönte erneut die Klingel und die Schneekönigin erstarrte kurzzeitig, um dann von neuem die Wohnung ins Dunkle zu versetzen. Es klingelte weiter und es hörte nicht mehr auf. Unsere Türklingel hatte noch Vorkriegszeitcharakter, mit deren Schrillen man sensible Menschen nach zwei Stunden Folterzeit zur Unterzeichnung bizarrster Geständnisse hätte bringen können. Ich stellte mich in den Wohnungsflur und schaute zu, wie der Klöppel unaufhörlich auf die Glocke trommelte. Der Eisenhans ließ sein Alter Ego wieder aufleben. Die Schneekönigin aber sann abermals auf Abhilfe und klemmte nach fünf Minuten einen Putzlappen zwischen Klöppel und Klangträger. Mit Genugtuung beobachtete sie den hilflos zuckenden Mechanismus, der den Begehr des Eisenhans als ausführendes Organ nicht mehr erfüllen konnte. Das Kichern der Schneekönigin erinnerte an damals, als sie des Eisenhans' Gefühlsausbrüche mithilfe von Gummistoppern lahmgelegt zu haben glaubte. Der Fetzen Baumwolltuch war ebenso wenig zur Lösung eines Problems geeignet, dessen war ich mir sicher. Wenige Minuten später bediente sich der Eisenhans des Tricks, bei irgendeinem Nachbarn zu läuten, und war im Haus. Wir hörten seine Schritte auf der Treppe und das Rascheln seines Mantels, als er vor unserer Tür stehen blieb. Er drückte auf den Klingelknopf und glaubte zu begreifen. Nun klopfte er, zunächst in normaler Stärke, und als sich nichts rührte, immer heftiger und wütender. Die Schneekönigin hielt sich die Hand vor den Mund und bog sich vor unterdrücktem Lachen. Bei mir hing die Schallplatte schlimmer denn je und ich sah ihn schon durch das dünne Holz brechen, als unsere Nachbarin ihre Tür öffnete und ihn ansprach. Sie befragte ihn über den Sinn seines Tuns, worauf er antwortete, die Klingel sei kaputt und er wisse, dass wir zu Hause seien. Ihre Gegenargumente schienen ihn zu überzeugen, denn er ging. Wir lauschten der zuklappenden Haustür und blieben diesmal noch eine halbe Stunde in der Finsternis. Am Montag darauf kaufte die Schneekönigin ein paar Haushaltskerzen und wandte sich an ihren Scheidungsanwalt, der dem Eisenhans eine Unterlassungsaufforderung zukommen ließ.

36

Nach nur wenigen Monaten im neuen Domizil verkündete der Troll eines Tages, dass er den Prinzen heiraten und ausziehen werde. Die Schneekönigin tobte und bezichtigte den Troll des Hochverrats. Nicht, dass sie etwas gegen den Prinzen gehabt hätte, aber in ihrer Vorstellung hätte das Drei-Mäderl-Haus noch eine ganze Weile so weiterbestehen dürfen. Da der Troll soeben volljährig geworden war, war das ganze Lamentieren völlig umsonst. Der Schmetterling würde Trolls Zimmer übernehmen und freute sich. Für mich änderte sich territorial nicht allzu viel, außer dass ich in der Küche im letzten Eck ein Drei-Quadratmeter-Refugium eingerichtet bekäme mit winzigem Tisch, einem Stuhl und einem Wandregal, ohne irgendwelche Abtrennung, und somit weiterhin unter Rundum-Beobachtung stünde. Klammheimlich war ich aber froh darüber, dass der Troll von dannen ziehen wollte, weil ich seine ewige Unfreundlichkeit schon lange nicht mehr ertragen konnte. Meine Freude darüber, dass er den Prinzen heiraten wollte, hielt sich in Grenzen, denn eigentlich wollte ich immer noch mit ihm zum Horizont reiten.

Ich erfand mir einen Ersatzprinzen, den ich nur für mich allein hatte. Ich gab ihm einen Namen und eine Adresse. Im Laufe der Jahre kamen noch mehr Details hinzu, aber wie man es auch drehte und wendete, hatte er sehr große Ähnlichkeit mit dem Original, und in meinen Fantasieerlebnissen verschmolzen beide miteinander.

Es war am Tag der bevorstehenden Karnevalsfeier in unserer Schule, als ES mich zum ersten Mal heimsuchte. Die Figur, die ich in der Verkleidung darstellen wollte, nannte man damals Penner und zu dem Zweck hatte ich mir von einer sehr alten Nachbarin abgelegte Kleidung besorgt, die ich noch mit Löchern verzierte. Ins Gesicht hatte ich mir hier und da etwas schwarze Schuhcreme geschmiert und ich wollte gerade aufbrechen, als sich ein seltsam ziehender Schmerz im Unterbauch breitmachte. Gleichzeitig fühlte ich ein Rinnsal und nach meiner ersten Befürchtung, ich sei in eine frühkindliche Phase zurückgefallen, ging ich auf die Toilette, um nachzusehen. Das Ergebnis war eindeutig und ich beschloss, die Schneekönigin zu rufen, die nach einem kurzen Blick auf das Ereignis den Badezimmerschrank öffnete, eine damals übliche Watteeinlage in annähernder Brikettform samt Einhängevorrichtung hervorkramte und mir alles übergab, mit dem kurzen und sachlichen Hinweis, dass dies normal sei und jetzt jeden Monat passieren werde. Sie zeigte mir noch, wie man das Halfter anlegt, besorgte eine neue Unterhose und ließ mich dann mit meinem urplötzlich über mich hereingebrochenen Frausein allein. Da ich mich aber noch haarklein an alles erinnerte, was ich vor Jahren hartnäckig aus dem älteren Mädchen herausgekitzelt hatte, bewahrte mich mein Wissen vor sinnlosen Spekulationen über die Tragweite dieser einschneidenden Entwicklungsphase. Ich schnallte mir vorsichtshalber zwei Briketts um und ging breitbeinig wie ein Cowboy zur Karnevalsfeier, an der ich nicht so richtig Freude hatte, weil ich alle halbe Stunde den Sitz und die Durchfeuchtung der

Einlagen kontrollierte, die schwer wie Blei im Schritt hingen und mit den zarten Blüten, nach denen sie benannt waren, nichts gemeinsam hatten außer der Farbe. Auf die Schmerzen hatte mich meine unfreiwillige Aufklärerin nicht vorbereitet und dieses wichtige Detail ließ mich von nun an alle vier Wochen für ein, zwei Tage zu einem leichenblassen Klappmöbel werden, bis die Pharmaindustrie an mir zum zweiten Mal ihre Erzeugnisse testen konnte.

Die Hautkrankheit an meinem Unterschenkel verschwand fast über Nacht unter Zurücklassung von Narben, nachdem der Hautarzt mehrmals das neue Wundermedikament direkt unter die kranke Stelle injiziert hatte, wobei mir jedes Mal ein Beißholz zur Verfügung gestellt wurde, das danach unbrauchbar war. Nicht lange danach gewann ich an Umfang, so schnell, dass man zusehen konnte und mich die Schneekönigin der heimlichen Fresserei bezichtigte. Ich hatte nicht ganz ein Jahr Zeit, mich über fast makellose Haut zu freuen, bis die Akne auf meiner Stirn und am Rücken anfing zu blühen. Dafür war aber der Spuk mit dem Hefeteigsyndrom wieder vorbei und ich gelangte so langsam zu der Lebensphilosophie, dass ein Unheil stets das andere ablöst.

Ein paar Tage nach meiner ersten befleckten Karnevalsfeier beäugte die Schneekönigin kritisch meinen Oberkörper, der durch die Bluse kleine Erhebungen sehen ließ. Ohne lange Einleitungen griff sie mich am Ärmel und schleppte mich in die Unterwäscheabteilung eines Kaufhauses, wo sie mir beiläufig erklärte, dass ich ab jetzt einen BH tragen müsse so wie alle anderen weiblichen Wesen auch. Sie griff sich mehrere Exemplare heraus, die ich in der Kabine anprobierte, wobei ich mir fast einen Arm auskugelte. Sie befand darüber, welcher der Richtige sei, und den durfte ich nicht wieder ausziehen, sondern musste ihn nach Entfernung des Etiketts sofort einlaufen. Auf dem Weg nach Hause wäre ich am liebsten so gesprungen wie ein Wildpferd, dem zum ersten Mal ein Sattel aufgebrummt wurde. Es stach und piekste an allen möglichen Stellen und ich fragte mich, wer den Frauen dieser Welt diesen Fluch auferlegt haben mochte. Den Geschundenen hatte ich dabei nicht im Verdacht. Als wir an der Haustür ankamen, tanzten dort drei Mädchen den Gummitwist und luden mich zum Mitmachen ein. Ich lehnte ab, aus Angst, der neue Sattel könnte sich beim Hüpfen selbstständig machen und mir unters Kinn springen.

37

Der kleine Mann mit dem weißen Käfer schien nach unserem Umzug nur noch ein Teil der Vergangenheit zu sein. Die Schneekönigin sprach nie mehr von ihm und manchmal fragte ich mich, ob ich das alles nur geträumt hatte. Eines Nachmittags jedoch, die Schneekönigin und ich waren auf der Hauptstraße unterwegs, sah ich ihn auf der anderen Straßenseite entlanggehen. Im gleichen Moment, als ich die Schneekönigin auf ihn aufmerksam machte, hatte er uns auch gesehen. Sein Gesicht spiegelte Freude, Erleichterung und eine gewisse Verzweiflung wider und er versuchte, die Straße zu überqueren, was in jenem Moment aufgrund des Verkehrsaufkommens unmöglich war. Er sprang hin und her und schaute immer wieder zu uns herüber, um uns nicht aus den Augen zu verlieren. Die Schneekönigin sah nicht so aus, als ob sie sich freuen würde, ihn wiederzusehen, im Gegenteil, sie packte mich am Ärmel, riss mich mit sich fort, fing an zu rennen und zog mich nach ungefähr 200 Metern in eine Einfahrt hinter das große Tor. Von dort beobachtete sie den kleinen Mann, der auf der anderen Straßenseite weiterlaufend versucht hatte, uns im Blick zu behalten, was ihm aber nicht gelungen war. Er stand genau gegenüber von uns, schaute immer wieder von rechts nach links, und als er begreifen musste, dass er uns verloren hatte, ging er mit hängendem Kopf langsam davon. Die Art und Weise, mit der die Schneekönigin beim Spähen gekichert hatte, erinnerte mich an etwas und mich beschlich der unbehagliche und dauerhafte Gedanke, dass nicht nur der Eisenhans bei Gefühlsausbrüchen gegen Gummisperren und dickes Baumwolltuch stieß.

Als wir uns zurück auf die Straße wagten, schärfte sie mir ein, niemals mit dem kleinen Mann zu sprechen, sondern wegzulaufen, wenn ich ihn sähe. Ich verstand nicht, was er uns getan haben sollte, und sie erklärte auch nichts, sondern erwartete lediglich das Befolgen ihrer Anweisungen.

Der kleine Mann wusste nun, wo er zu suchen hatte, und es blieb nicht aus, dass ich ihm wieder begegnete. Wiederum auf der Hauptstraße kam er mir entgegen und reckte den Hals, als er mich erkannte. Den Befehlen widerwillig gehorchend, verschwand ich in einem Lampengeschäft und versteckte mich zwischen den Glühbirnen. Beim dritten Mal hatte ich keine Chance, abzutauchen. Er war unbemerkt an mich herangetreten und fasste mich an der Schulter. Ich erschrak, als sein Gesicht so nah an dem meinen war, und der verzweifelte Ausdruck darin weichte die Autorität der Schneekönigin restlos auf. Er fragte mich stammelnd und atemlos, was denn nur passiert sei, warum wir auf einmal weg gewesen seien, er habe fassungslos registriert, dass wir weggezogen seien und niemand ihm etwas gesagt habe, die Schneekönigin habe doch gewusst, wie sie ihn erreichen könne, und er sei doch jetzt auch geschieden, so wie die Schneekönigin und er es miteinander besprochen hatten, und er könne nicht verstehen, warum sie vor ihm weglaufe, sie seien doch jetzt frei füreinander, und er habe uns doch lieb, und wir hätten uns doch so gut verstanden, und er verstehe nicht, verstehe nicht, verstehe nicht. Ich sah den kleinen Mann an, den ich immer noch mochte, und ich verstand, aber es hätte mir das Herz zerrissen, ihm zu sagen, dass die Schneekönigin einen dicken Strich gleich der Bahnlinie unter ihre Vergangenheit gezogen hatte und er allenfalls ein Lebensabschnittsleidensgenosse für sie gewesen war, den sie auf der Südseite nicht mehr haben wollte. Ich erzählte ihm stattdessen haarsträubende Lügen, die er mit traurigem Lächeln nicht glaubte, und als ich es nicht mehr aushalten konnte, verabschiedete ich mich von ihm mit der wahrheitsgemäßen Wiedergabe des Befehls der Eisäugigen. Er schaute mir nach, bis ich um die Ecke verschwunden war, und ich bekam eine ungeheure Lust, auf irgendetwas einzuschlagen.

38

Die Hochzeitsvorbereitungen waren in vollem Gange. Der Troll wirkte etwas entspannter und weniger übel gelaunt als sonst, wahrscheinlich nicht nur in Vorfreude auf das bevorstehende Ereignis. Das Entkommen aus der erbärmlichen Mittelalterwelt war in Sicht und schien seine Stimmung deutlich zu heben. In äußerlichen Dingen hatte er sich schon längst von uns entfernt, rauchte nur die teuersten Zigaretten, die sich schon durch eine elegantere Verpackung hervorhoben, kaufte seine Kleidung in den teuersten Boutiquen der Stadt, mäkelte an unseren Tischsitten herum und tat überhaupt alles Erdenkliche, um den Mief seiner Herkunft zu überlagern, benutzte vielleicht deshalb eine stark duftende Körperpflege, und mich hätte es nicht gewundert, wenn er uns auf offener Straße nicht mehr gegrüßt hätte. Der Prinz saß jetzt häufig bei uns in der Wohnküche und ich atmete aus anstandsgemäßer Entfernung seinen Rasierwasserduft ein, dessen Name irreführend war und nach Holzgewächsen roch. Der Prinz konnte nicht nur auf einem Schimmel reiten, sondern auch mit Werkzeug umgehen, und einmal half er mir, eine stupide Laubsägearbeit, mit der ich mich abquälte und die ich am nächsten Tag in der Schule vorzuweisen hatte, zum raschen Ergebnis zu bringen. Als er die Säge ergriff und mit energischen Handbewegungen binnen weniger Minuten mein Leid beendete, wäre ich seinem Rasierwasser gern ein bisschen näher gekommen. Der Troll duldete diesmal gnädig des Prinzen freundschaftliche Ambitionen mir gegenüber und beschäftigte sich weiterhin gedanklich mit den Tücken und Pferdefüßen, die womöglich während der Hochzeit auftreten könnten und unbedingt im Vorfeld ausgelotet und eliminiert werden müssten. Die Schneekönigin gab zu bedenken, dass es unschicklich sei, als Braut zum Glimmstängel zu greifen, und riet dem Troll zum eintägigen Verzicht. Ich stellte mir plastisch vor, wie der Troll allen Vorbehalten zum Trotz seine exquisiten Zigaretten konsumierte und aus dem Schleier eine dicke Rauchwolke herausbräche und wie man versuchen würde, die Braut mit gefüllten Wassereimern zu löschen, die danach wie ein begossener Pudel, mit der nassen Kippe im Mund und schlotternd vor Kälte, die Hochzeit absagen musste, und der Prinz und ich durch die Hintertür abhauten und auf seinem Schimmel ins Abendrot ritten.

39

Die Hochzeitsgäste waren in mehrere Lager gespalten. Da die Mutter des Prinzen zweimal verheiratet gewesen war, gab es zwei Familienclans, die miteinander nicht viel zu tun haben wollten und sich bereits bei der kirchlichen Feier bewusst strategisch abgrenzten. Dann war da noch unser Miniclan, der durch die Scheidung noch mehr geschrumpft war, denn der Eisenhans war nicht auf der Einladungsliste. Zu guter Letzt noch der kleine Freundeskreis von Troll und Prinz. Die Mutter des Prinzen trug tiefschwarz von Kopf bis Fuß und schaute so tieftraurig drein, dass man denken konnte, sie habe sich in der Veranstaltung geirrt. Ihr Gemütszustand war aber insofern nicht weiter verwunderlich, da sie über die Wahl ihres Sohnes nicht gerade begeistert war und sie das Unglück schon über ihn hereinbrechen sah. Ich hatte Sorgen, dass mein Täschchen wieder im Dreck landen würde, aber die Trauung verlief ohne unangenehme Vorkommnisse. Die anschließenden Feierlichkeiten fanden in der elterlichen Wohnung des Prinzen statt, wo sich die verschiedenen Clans streng getrennt auf die Zimmer verteilten. Die Mutter des Prinzen tupfte sich immer noch hin und wieder die Augen trocken. Die Schneekönigin, der Schmetterling und ich wurden von ihr mit kaum verhülltem Hochmut und äußerst sparsamer Aufmerksamkeit bedacht, wobei man darüber rätseln konnte, ob ihre Abneigung darin lag, dass wir zur Sippschaft des Unglückstrolls und somit alle in einen Sack gehörten, oder ob wir als ehemalige Nordstädtler einfach keine bessere Behandlung verdient hatten. Von ausgelassener Stimmung konnte in keinem der Räume die Rede sein, und als man sich zu etwas späterer Stunde an die Durchführung von traditionellen Bräuchen machen wollte, gab es beinahe eine Saalschlacht, weil der Troll das Zerreißen seines Schleiers auf keinen Fall duldete und mit ihm durch die Wohnung hetzte, um ihn zu retten. Nach diesem Zwischenfall gab es keinen Ruf mehr zu verlieren und der Troll steckte sich entschleiert eine Zigarette an, den vorwurfsvollen Blick der Schneekönigin ignorierend. Eine weitere Tradition, die dem Prinzen oblag, war das Küssen seiner frischgebackenen Schwägerinnen. Ich weiß nicht, wie er den Schmetterling küsste, aber mich fasste er behutsam an der Schulter, lächelte mich an und tat es dann sehr zartfühlend. Sein Rasierwasser war so nah wie nie zuvor, ich hörte alle Glocken läuten und meinen Herzschlag musste man bis zum Südpol hören können. Wo blieb denn nur dieser verdammte Schimmel und wo bekäme ich auf die Schnelle eine Rakete her, mit der ich den Troll auf den Mond schießen könnte?

40

Der Troll und der Prinz hatten eine gediegene Dachwohnung gemietet und im Palast der Schneekönigin wurden Möbel gerückt. Der Schmetterling hatte zwar jetzt das Zimmer des Trolls, aber keineswegs dessen Privilegien übernommen, und die Schneekönigin spazierte darin ein und aus, wie es ihr passte. Ich bekam wie vorgesehen meine Ecke in der Küche und hatte gnädigerweise die Erlaubnis erhalten, Poster aus einer populären Jugendzeitschrift an die Tapeten zu heften. Mein Tisch hatte ungefähr die Ausmaße eines größeren Zeichenblocks und der gut erhaltene Schreibtischstuhl machte unanständige Geräusche, wenn man sich auf ihm niederließ. Das Regal beherbergte meine Bücher, ein kleines Radio und in unterster Reihe einen gebrauchten Schallplattenspieler, der seit meinem letzten Geburtstag mein kostbarster Besitz war. Vom Eisenhans hatte ich zwei Singles geschenkt bekommen, die er nach meinen Wünschen gekauft hatte und die ich abwechselnd und ausgiebig dudelte. Die erste war von einer Rockband, dessen Sänger auch scherzhaft Gummilippe genannt wurde und der in diesem Fall leichte Damen besang, die in Nachtklubs ihr Geld verdienen. Die zweite war das erste Soloprodukt von einem der drei G-Brüder. Ich war heilfroh, dass die Schneekönigin der englischen Sprache nicht mächtig war, denn die meisten Texte der Songs, die ich in voller Lautstärke mitsang, hätten ihr garantiert missfallen, wären auf ihrer Liste der schweinischen Lieder in den vordersten Reihen gewesen und womöglich auf dem Scheiterhaufen gelandet. Das Englisch wurde meine Geheimsprache und ich machte mir einen Spaß daraus, beschriftete Papierfetzen auf meinem Tisch herumliegen zu lassen, die sie hoffentlich entdecken und deren Inhalt nicht würde entziffern können.

Seit längerer Zeit hatte ich das Vergnügen, eine Zahnspange zu tragen, die aber herausnehmbar war und sich deshalb meistens außerhalb ihres Wirkungskreises befand. In schöner Regelmäßigkeit beendete sie ihr Dasein in unserem Kohleofen, weil ich sie rein zufällig in einer alten Zeitung geparkt hatte, die die Schneekönigin zum Anheizen unter die Briketts legte. Die Termine beim Kieferorthopäden waren insgesamt nicht gerade wenig und die lange Wartezeit im Vorzimmer füllte ich mit intensivem Studium einer Zeitschrift aus, die für Minderjährige eigentlich nicht vorgesehen war. Wenn ich dann endlich aufgerufen wurde, schwirrte mir der Kopf von Sex-Praktiken polynesischer Naturvölker, und die ganze Prozedur auf dem Arztstuhl ging wie ein Parallelfilm an mir vorüber.

41

Das Geld reichte hinten und vorne nicht und die Schneekönigin suchte sich einen Job. Sie hatte sich nach der Scheidung verändert, was der Troll, der Schmetterling und ich misstrauisch und ungläubig verfolgten. Sie wirkte wie jemand, der seine Vergangenheit vollständig auslöschen und durch eine neue, ganz andere Identität ersetzen wollte. Sie hustete nicht mehr, sie stellte vielfach eine gute Laune zur Schau, die irgendwie unecht, übergestülpt und seltsam schien. Ich hatte sie damals nur gelegentlich mit dem kleinen Mann zusammen so erlebt und zweifelte die Dauerhaftigkeit dieses Zustands an. Der Schmetterling war ihr weiterhin meistens ein Dorn im Auge und oftmals Opfer von Spott und Häme, aber sie schlug nicht mehr zu.

Schneekönigins Sprung in die Welt der Halbtagsbeschäftigten brachte mir ein paar Vorteile ein. Endlich bekam ich einen Haus- und Wohnungsschlüssel, den sie mir unter einigen Auflagen aushändigte. Da die Schneekönigin eine Stunde länger arbeiten musste, als meine Schulstunden beendet waren, genoss ich diese kurzen Zeiträume, die ich ohne ihre Überwachung verbringen konnte, und widmete mich geistreichen Beschäftigungen, wie das Radio aufzudrehen, dabei Luftgitarre zu spielen oder, mit einem imaginären Mikrofon auf der Zeichenblock-Bühne stehend, Rubberlip zu imitieren, was ich jäh beendete, wenn der Schneekönigins Schlüssel sich im Schloss drehte, um ihr nicht die Gelegenheit zu bieten, sich über mich lustig zu machen. Innerhalb von sieben Sekunden war die Bühne geräumt, das Radio leise gestellt und mein Hinterteil drückte dem Stuhl die Luft raus, wenn die Schneekönigin ihr Reich betrat.

Mitunter kamen auch Schulfreundinnen nach dem Unterricht mit zu mir nach Hause, die eine kurzzeitig elternlose Wohnung ebenso spannend fanden, und unseren Ideen zum Ausfüllen des schwarzen Lochs war kein Limit gesetzt. Einmal wollten wir uns einen Tee kochen und zu dem Zweck setzte eins der Mädchen den Stolz der Schneekönigin, einen kupfernen Wasserkessel, auf die Gasflamme. Leider war kein Wasser in dem Behältnis und als Erstes wurde das Teil ziemlich blass, bis es dann schließlich sinnentleert zur Zimmerdecke schwebte und dort kurze Zeit verblieb, um dann mit einem schönen Knall der Schwerkraft gehorchend wieder unten anzukommen.

Wir standen wie die Salzsäulen und glaubten an Spuk und Teufelswerk. Ich wurde mit Hinweis auf dringend zu erledigende Hausaufgaben von den Mittäterinnen schnell verlassen und starrte auf den ruinierten, farb- und glanzlosen Kessel, bis die Schneekönigin eintraf und beim Blick auf ihre Preziose einen Urschrei erklingen ließ.

42

Trotz dieser explosiven Erfahrung entdeckte ich meine Liebe zum Kochen. Mein erstes großes Meisterwerk waren gewöhnliche Eier-Pfannkuchen. Ich rührte die Zutaten, von denen ich meinte, dass sie hineingehören, zusammen, ohne eine Vorstellung von den Mengenverhältnissen zu haben, und buk dann fleißig den ganzen Teig nach und nach in einer Margarine mit indisch anmutendem Namen aus. Als die Schneekönigin von der Arbeit nach Hause kam, erwartete sie gut ein halber Meter Mehlspeise, den ich auf unserem besten Kuchenteller aufgetürmt hatte. Nachdem sie ausgiebig darüber gegackert hatte, war sie aber dennoch erfreut über ein fertiges Mittagessen und hatte geschmacklich an meinen Erzeugnissen nichts auszusetzen. Der Berg schwand nur zur Hälfte und der Schmetterling musste sich am Abend ebenfalls durch das Gebirge futtern. Beflügelt durch dieses geradezu monumentale Erfolgserlebnis, wagte ich mich noch an ganz andere Herausforderungen am Herd. Der Schneekönigin war es recht, da Kochen nicht gerade zu ihren Hobbys gehörte und ihre Zubereitungen stereotyp immer dem gleichen Muster folgten. Mein Mut zu Gewürzen ging so weit, dass ich einmal in den Frikadellenteig von allem, was das Regal zu bieten hatte, einen ordentlichen Schuss hineinstreute. Die Schneekönigin stand daneben, zwischen Abscheu und Bewunderung schwankend, und kostete mutig die erste fertig gebratene Bulette. Bei ihrem ersten Biss sah es noch nach langen Zähnen aus, nach dem zweiten verschlang sie sofort den ganzen Rest auf einmal und murmelte kopfschüttelnd, dass sie nie im Leben an die Genießbarkeit geglaubt hätte.

In unserer Schule konnte man neuerdings am Hauswirtschaftsunterricht teilnehmen, was im Klartext Kochen bedeutete, und ich meldete mich hinsichtlich meiner durchschlagenden Kreationen siegesgewiss an. Die Lehrerin strahlte etwas Verhärmtes aus, ihr Gesicht wirkte spitz und humorlos und sie trug ungeachtet der Außentemperaturen stets einen wollenen Schal, oft auch eine Mütze im Unterricht. Es war von vornherein klar, dass sie keinerlei Unfug dulden würde. Der theoretische Teil, den sie vor dem Sturm auf die Kombüse abhielt, war trocken wie ein alter Sandkuchen, und die Rezepte, nach denen wir kulinarische Köstlichkeiten hervorbringen sollten, waren dem Repertoire der Schneekönigin sehr ähnlich. Meine Versuche, dem Ganzen etwas mehr Pepp zu verleihen oder die Vorgehensweise kühn ein wenig abzuändern, wurden als Untergrabung ihrer Autorität gewertet und gnadenlos geahndet. Sie kostete argwöhnisch von meinen Endergebnissen, währenddessen sie mich schräg von der Seite anschaute, und ich war erleichtert, wenn es ihr nicht gelang, eins meiner heimlich eingeschmuggelten Gewürze entlarven zu können. Diese subversiven Elemente brachten mir immerhin eine mittlere bis schlechte Benotung ein, die mein Grundvertrauen in die Alchemie der Küchenkunst dennoch nicht erschüttern konnte. Die Geheimnisse des Kuchenbackens sollten uns auch näher gebracht werden und das Rezept für den Blitz-Blechkuchen bestand aus wenigen Zutaten. In dem Kurs waren auch ein paar verwegene Jungs, die aus der Sache eine Riesengaudi machten und nie rechtzeitig fertig wurden. Genauso war es auch beim Kuchen und einer von ihnen bettelte uns Mädchen um Hilfe an. Ich ließ mich erweichen und bat meine Mit-Elevin, inzwischen schon einmal das Blech mit Öl nach Rezeptvorschrift einzufetten. Als ich bei der albernen Truppe ausgeholfen hatte, sprintete ich zurück und beeilte mich, den Teig auf das Blech zu bringen und in den Ofen zu schieben. Beim Aufräumen der Utensilien fand ich das unberührte Schälchen mit dem Öl, und als wir den fertigen Kuchen mit Hammer und Meißel versuchten, vom Blech herunterzubekommen, wurde mir klar, dass es mit dem Eiweiß eingepinselt worden war. Für die Lehrerin war das ein gefundenes Fressen, meine Erklärungsversuche interessierten sie nicht, und auch das Schuldeingeständnis meiner Kameradin hielt sie nicht davon ab, mir die schlimmste Bewertung für das Backwerk zu geben, die im System möglich war. Am Ende des Schuljahres prangte beim Fach Hauswirtschaftslehre die zweitschlechteste Note auf meinem Zeugnis und die Schneekönigin fiel aus allen Wolken.

Der Sport- und Schwimmunterricht war und blieb ein lästiges Ärgernis in meinem Schulalltag, das ich mit allerlei Tricks zu umgehen suchte. Wie an den anderen Schulen auch, glich die uns körperlich zu stählende Lehrkraft eher einem Unteroffizier im Dienst und im Kasernenton jagte sie mich in der Halle resolut auf das Kletterseil, obwohl ich sie auf mein Vertigo-Problem hingewiesen hatte. Ich kam nicht sehr weit, nach vielleicht zwei Metern wurde mir kreuzübel und es drehte sich alles, während sie von unten herauf Anfeuerungsschreie von sich gab. Meine Muskeln waren völlig immun gegen ihr Gebrüll, wurden zu Brei und ich stürzte ab. Noch während ich wie ein Käfer hilflos auf dem Rücken liegend versuchte, mich wieder einzunorden, krakeelte sie etwas von Simulantentum und erst, als ich überhaupt nicht wieder hochkam, sah ich in ihrem Stahlgesicht etwas wie aufkommende Furcht. Für den Rest des Unterrichts lag ich auf einer Turnmatte und hatte ausgiebig Zeit, einen Plan für die restliche Schulzeit in Bezug auf die körperliche Ertüchtigung auszuarbeiten. Ab sofort kämpfte ich alle zwei Wochen mit einer schweren und schmerzhaften Menstruation, und während der Dragoner bei anderen Mitschülerinnen keine Hemmungen hatte, den Wahrheitsgehalt mittels Inspektion der Unterwäsche nachzuprüfen, blieb ich davon verschont.

43

Der Eisenhans hatte eine überraschende Erbschaft gemacht und besaß jetzt ein Viertel von einem sehr alten Haus mit Bedürfnisanstalt im Garten, das sich direkt neben dem Haus seiner Eltern befand und seiner Tante gehört hatte. Er zog es vor, seinen Anteil zu verkaufen, und verfügte danach über eine fünfstellige Summe, die er auf ein Sparbuch einzahlte. Der Geruch nach Geld öffnete ihm die Tür der Schneekönigin auch außerhalb der Monatsfrist und es kam häufiger vor, dass er samstags am frühen Abend zu Besuch kam. Er legte Mantel und Hut weiterhin nicht ab, was zwei verschiedene Schlussfolgerungen zuließ. Entweder tat er es nicht, um selbst zu symbolisieren, dass er nicht mehr dazugehörte, oder die Schneekönigin hatte es ihm so befohlen, um ihn stetig an sein Ausgegrenztsein zu erinnern. Er saß fast bewegungslos mit nach unten gesenkten Augenlidern da und erinnerte nur noch mit Mühe an die aggressive und furchteinflößende Gestalt der Vergangenheit. Es wäre eigentlich an der Zeit gewesen, die Nadel an der Stelle des Kratzers in der Schallplatte immer rechtzeitig anzuheben und sie sanft einen Millimeter weiter wieder aufsetzen zu lassen, aber die Schneekönigin hielt meinen Arm fest und schwor mich auf den schaurigen Refrain ein. Einmal, als er so still dasaß, nahm ich unbemerkt von ihm meinen Zeichenblock, meinen Bleistift, und zeichnete ein Porträt von ihm. Als es nach einer Viertelstunde fertig war und ich es ihm zeigte, starrte er abwechselnd auf mich und auf das Blatt Papier. Er schien vollkommen darüber erschüttert zu sein, dass er von mir gemalt worden war, und bat darum, es behalten zu dürfen. Er nahm die Zeichnung an sich und brach etwas überstürzt auf. Mir schien, als seien seine Augen ein wenig feucht, und vielleicht war es nicht aus Rührung, sondern weil ihm seine trostlose Verfassung schwarz auf weiß entgegenblickte.

44

Schmetterlings vorletzter Verehrer war ein Rotschopf mit narzisstischen Tendenzen. Wenn er samstagabends kam, um den Schmetterling zum Diskobesuch abzuholen, war dieser meistens noch im Badezimmer und jonglierte mit Tiegeln, Tuben und Wimpernzange. Mit dem technischen Gerät hatte es einmal einen kleinen Unfall gegeben, bei dem die echten Wimpern mindestens die Hälfte ihrer Länge eingebüßt hatten und der Schmetterling derart aufgeschrien hatte, dass wir befürchteten, er habe sein Augenlicht verloren. Der Rotschopf verbrachte jedes Mal die Wartezeit im Wohnungsflur vor dem Ganzkörperspiegel, drehte und wendete sich, vollführte hin und wieder ein paar Tanzschritte und fuhr sich unentwegt mit beiden Händen durch die Haarpracht, dabei nie sein Spiegelbild aus dem Auge verlierend. Der Versuch, mit ihm ein Gespräch in Gang zu bringen, war ziemlich mühselig und es wurde schnell klar, dass der Schmetterling sich nicht aus Faszination an seinem Intellekt mit ihm verabredet hatte. Die Nachtschwärmerin tanzte nur noch ein paar Samstage nach „Judy in disguise" mit dem Derwisch, saß etwas später schniefend bei „Crimson and clover" in ihrem Zimmer, regenerierte sich eine Woche lang und konnte die zuckenden Tanzbeine dann nicht mehr länger aufhalten.

Schmetterlings nächste Diskoeroberung zeichnete sich durch eine höchst dominante Unterlippe aus und die Anordnung seiner Vorderzähne war etwas unglücklich geraten, so dass durchaus schon einmal kurzer Sprühregen einsetzen konnte und seine Zunge sich bei bestimmten Lauten verklemmte. Er überragte den Schmetterling um mindestens 30 Zentimeter und wirkte neben ihr wie ein Riese. Als ich ihn zum ersten Mal sah, ging ich gerade mit dem Schmetterling zum Bäcker und er war auf der anderen Straßenseite unterwegs. Der Schmetterling zupfte mich kichernd am Ärmel, als er winkend grüßte, und flüsterte mir zu, dies sei zurzeit der tollste Typ, den ihre Lieblingsdisko zu bieten habe. Ich wollte lieber nicht wissen, wie die zweite Wahl beschaffen war, aber natürlich war des Schmetterlings Hitliste nach ganz anderen Kriterien gestaffelt und seine Nummer 1 war immer der lebendigste und kreativste Tänzer. Der Riese hatte den Kummer über den Rotschopf ausgelöscht und trat nun jeden Samstagabend an. Für seine Statur hing unser Spiegel viel zu tief, als dass er oberhalb des Kragens irgendetwas sehen konnte, ohne sich zu bücken, aber er widmete sich lieber höflich der Schneekönigin, die heimlich belustigt wieder einmal den Geschmack ihrer zweitgeborenen Tochter bewunderte und seinen etwas feuchten Charme zu ertragen versuchte. Er bemühte sich auch, mein Herz zu erobern, indem er mir zum Beispiel bereitwillig seine Gitarre auslieh und mich freundschaftlich in die Seite boxte, aber verglichen mit dem Prinzen war er mir ein bisschen zu plump vertraulich.

Aus unerfindlichen Gründen fand sich der Schmetterling auf einmal nicht mehr schön genug und unternahm verschiedene Anstrengungen, um diesem Zustand abzuhelfen. Die Schneidezähne waren ihm zu lang und wurden energisch mit der Nagelfeile bearbeitet. Die Nase gefiel ihm auch nicht mehr, wurde aber von der Tortur mit dem Nagelinstrument verschont und stattdessen, genauso wie der Busen, der angeblich zu groß war, mit diversen Schlankheitscremes massiert, bis beide Körperteile rot und geschwollen waren. Es hätte an ein Wunder gegrenzt, wenn der Schmetterling mit seinem Gewicht einverstanden gewesen wäre, und so wurde jeder einzelnen Fettzelle der Krieg erklärt. Die erste Offensive im Kampf gegen die mit bloßem Auge kaum wahrnehmbaren Speckrollen startete mit dreimal täglich Weizenschleim und sonst nichts, und wurde nach zwei Wochen wegen nicht mehr zu unterdrückendem Retoureffekt wieder aufgegeben. Die Gier nach knusprigen und nicht gerade fettlosen Köstlichkeiten ließ den Erfolg in wenigen Tagen zu einem Nichts zusammenschrumpfen und die Fettzellen jubelten. Die zweite Strategie bescherte dem Eierhändler einen kurzfristigen Aufschwung. Nach wiederum zwei Wochen und ungefähr 100 zu Tode gekochten Eiern blähten sich die Backen des Schmetterlings, wenn jemand das betreffende Lebensmittel auch nur flüsternd erwähnte. Die dritte Schlacht wurde ohne Erbarmen geführt, denn jetzt setzte der Schmetterling C-Waffen ein. Die schöne bunte Pille unterdrückte jegliches Hungergefühl und bombardierte entgegen der Dosierungsempfehlung gnadenlos zwei- bis dreimal pro Tag bestimmte Regionen des Stammhirns. Eine der Nebenwirkungen waren euphorische Stimmungen und der Schmetterling flatterte noch aufgekratzter als sonst schon üblich durch die Landschaft. Die Fettzellen zogen sich resigniert zusammen, es blähten sich keine

Backen auf und der Schmetterling hätte womöglich noch lange Zeit viel Geld beim Apotheker gelassen, wenn sich nicht eines schönen Tages seine Lunge aufgebläht hätte. Nachdem nun schleimige, ausgekochte und chemische Kampfmittel nicht mehr in Frage kamen, sann der Schmetterling auf eine andere wirksame Methode. Weil er das Gespött der Schneekönigin und das Gefrotzel des Riesen auch nicht mehr ertragen wollte, kam ihm schließlich eine perfide Idee.

45

An der Peripherie unserer Innenstadt wurde zum zweiten Mal nach dem letzten Krieg die große Gartenschau zelebriert. Alle Pflanzen und Bäume, die vor zehn Jahren angepflanzt worden waren, hatten inzwischen ihre Größe vervielfacht. Es wurden neue Attraktionen geschaffen, aber auch bereits Vorhandenes ein bisschen aufpoliert. Das Teehaus im japanischen Garten hatte einen neuen Anstrich bekommen. Wenn ich über die Steinplatten des kleinen künstlichen Sees ging, bekroch mich eine alte, diffuse Panik, und oben auf der Terrasse des zum bloßen Dekorationsobjekt degradierten Häuschens angekommen, sah ich im Geiste eine Familie, gemeinsam mit Tante und Onkel in metallenen, schnörkeligen Stühlen sitzend. Allesamt machten einen betretenen Eindruck und das etwa zweieinhalbjährige Kind hatte dicke schwarze Schatten unter den verheulten Augen.

Zu dem aktuellen Spektakel gehörte auch ein Vergnügungspark, der nach jenem benannt war, der einst auf der anderen Seite der Bahnlinie vor dem Ersten Weltkrieg stattgefunden hatte. Einer der Höhepunkte waren die mittelalterlichen Häuser, die denen der längst verschwundenen Originale nachempfunden waren und ganze Straßenzüge bildeten. Ansonsten konnte man sich an verschiedenen Imbissbuden den Magen verderben und die Auswirkungen in der Achterbahn erleben, oder man fuhr mit der Raupe, die damals Amazonasbahn hieß und kein Faltdach mehr besaß, worunter Halbwüchsige versuchten, Küsse auszutauschen, was bei der Durchschüttelung nur mit saugglockenähnlichen Varianten funktionierte. Der Eisenhans lud den Schmetterling und mich eines Tages zu einem Ausflug zu dritt dorthin ein, wo er völlig außer Rand und Band geriet. Im Autoscooter fuhr er enthusiastisch auflachend jedem an die Stoßstange, beim Schießstand knallte er gnadenlos die Blumen ab und dann zerrte er uns in die Achterbahn. Ich zog es vor, die Augen zu schließen, die Luft anzuhalten und mich festzukrallen, während der Eisenhans und der Schmetterling gellend schrien. Als wir endlich wieder unten ankamen, musste man jeden meiner Finger einzeln loslösen und der Eisenhans konnte sich nicht mehr auf den Beinen halten, war aber glücklich. Der Schmetterling und ich mussten ihn die ersten 100 Meter stützen, während er pausenlos lachte und ich mich zum tausendsten Mal fragte, ob die böse Verwünschung gegen ihn endlich aufgehoben worden war. Die Schneekönigin, die eine zarte Abtrünnigkeit in meinen Augen aufblitzen sah, zog immer neue Trümpfe aus dem Ärmel.

46

Nach zahllosen durchtanzten Samstagabenden war der Schmetterling davon überzeugt, den richtigen Mann fürs Leben gefunden zu haben, und lehnte den Heiratsantrag des Riesen nicht ab, zumal er die Chance bot, aus dem Reich der Schneekönigin fliehen zu können. Der einzige Haken an der Sache war, dass die Schneekönigin ihr schriftliches Einverständnis geben musste, da der Schmetterling noch nicht volljährig war. Eines Abends nach dem Essen rückte er mit seinen nahen Zukunftsplänen heraus und bewirkte damit bei der Schneekönigin eine geradezu theatralische Vorführung mit über dem Kopf zusammengeschlagenen Händen und beängstigend rollenden Augäpfeln, begleitet von intonisierten düsteren Zukunftsprognosen für den Schmetterling, die beinahe Opernqualität erreichten, besonders bei der Strophe, in der die Treulosigkeit ihrer eigenen Brut besungen wurde. Der Schmetterling stöhnte, bettelte und drohte, aber die Schneekönigin ließ sich nicht erweichen und verweigerte die Einwilligung. Am darauffolgenden Samstag stand der Riese in schwarzem Anzug, weißem Hemd und Krawatte, mit einem Blumenstrauß in der verkrampften Hand, vor der völlig verblüfften Schneekönigin und bat sie unter Aufbietung all seiner Überredungskunst um die Hand ihrer Tochter. Seine Ansprache hatte er gut vorbereitet und umfasste alle wichtigen Themen, zu denen die Schneekönigin eventuelle Einwände äußern könnte. Diese lauschte seinen zum Teil mit Humor gespickten Ausführungen, ohne dazwischenzureden, lachte hin und wieder kurz mit schiefem Mund, und aus Mangel an Gegenargumenten blieb ihr zum Schluss nichts anderes übrig, als ihren Widerstand aufzugeben. Der Riese war so begeistert von seinem Erfolg, dass er die Schneekönigin fest an sich drückte, sie auf beide Wangen küsste, was sie etwas erschrocken geschehen ließ, und ihr vorschlug, sie ab sofort Schwiegermama zu nennen, was sie unter den gegebenen Bedingungen schlecht ablehnen konnte. Sie lächelte hilflos und wischte sich verstohlen des Riesen Euphorierückstände vom Gesicht, während er sich mit der gleichen Inbrünstigkeit an mich wandte und die Prozedur auch über mich ergehen ließ, mit dem winzigen Unterschied, fortan von ihm Schwägerin genannt zu werden. Nachdem sich mein Brustkorb von der Quetschung erholt hatte, freute ich mich für den Schmetterling, der einen kleinen triumphierenden Blick in den feuchten Augen nicht unterdrücken konnte. Aber was das Küssen des Riesen betraf, da trennten ihn Welten vom Prinzen, und ich schwor mir, seinen nassen Sympathiebekundungen künftig möglichst aus dem Weg zu gehen. Der werdende Schmetterlingsgemahl wurde bei der nächsten Gelegenheit dem Troll und dem Prinzen vorgestellt, aber des Riesen Bedürfnis nach Innigkeit wurde augenblicklich durch Trolls Gesichtsausdruck lahmgelegt, und außer einem Händedruck aus sicherem Abstand war vom Troll nichts weiter zu erwarten.

47

Eine meiner neuen Freundinnen teilte meine Liebe zu dem Vergnügungspark und nicht nur dazu, denn wir hatten uns in zwei Jungs verguckt, die in der höheren Klasse waren und zunächst nichts davon ahnten. Einer der beiden hatte eine gewisse Ähnlichkeit mit dem ertrunkenen Kollegen von Gummilippe und der zweite mit dem Nachfolger des Unglücklichen. Wir hatten uns darauf verständigt, dass sie in den ersten und ich in den zweiten verliebt war. Nach Erledigung aller Hausaufgaben trafen wir uns täglich in der Nähe der Orte, an denen sich die beiden Stardoubles bevorzugt aufhielten. Einer dieser Plätze war die Kirche in unserem Viertel, in der ein äußerst moderner junger Pfarrer nachmittägliche Diskussionstreffen für Teenager organisiert hatte, und der andere war die Amazonasbahn. Wir hielten uns stets in respektvoller Entfernung mit guter Sicht auf, kicherten vor uns hin und aßen nebenher in Fett ausgebackenes Gebäck, das uns ein ungarischer Imbissbudenbetreiber kostenlos zukommen ließ. Meine Freundin wuchs in einem moralisch strengeren Rahmen auf, in dem zu kurze Miniröcke nicht geduldet wurden. Das Erste, was sie stets tat, wenn wir uns trafen, war die Verwandlung ihrer keuschen Rocklänge, indem sie ihn am Bund viermal umkrempelte, was ihrer Taille einen eher unvorteilhaften Wurstcharakter verlieh, aber sie drapierte die Blusen dann einfach darüber. Ich trug die vom Schmetterling in Boutiquen gekauften und abgelegten Röcke, deren Saum bei mir ziemlich weit oben am Bein endete, da ich ein paar Zentimeter in die Höhe geschossen war, und dazu knallrote modische Schuhe mit eckigen Absätzen in nicht altersgerechter Höhe, die mir ebenfalls vermacht worden waren. Meine Freundin litt unter ihren flachen Schuhen, aber im Gegensatz zu ihrem Rock ließ sich dieses Problem nicht so einfach lösen. Irgendwann bekamen wir heraus, wo Double Nummer zwei wohnte, und wenn wir ihn an den gewohnten Orten nicht erspähen konnten, hockten wir uns auf die Mauer vom Vorgarten seines Wohnhauses, bis er irgendwann herauskam, auf sein Mofa stieg und davonfuhr, ohne uns großartig einen Blick zu schenken. Einmal fand ich zu Hause im Briefkasten eine Probepackung Mentholzigaretten und die pafften meine Freundin und ich, auf der Mauer sitzend, böse Blicke von vorübergehenden älteren Frauen ignorierend. Ob es am Menthol lag oder daran, dass er einfach nicht herauskam, jedenfalls riefen wir irgendwann in regelmäßigen Abständen seinen Namen. Wir wurden dabei immer alberner und drohten von der Mauer zu stürzen, als er plötzlich aus dem Haus kam, uns mit rotem Kopf anfunkelte, etwas von dummen Tucken murmelte und mit dem Knatterteil davonfuhr. Wir gaben diese Art der Belagerung auf und lungerten wieder am Amazonas oder in der Nähe der Vatikanvertretung herum, bis die Jungs uns das Stalken unter Androhung von körperlichen Züchtigungen gründlich austrieben.

48

Rechtzeitig zum Hochzeitstermin hatte sich der Schmetterling erfolgreich in das weiße Kleid hineingehungert und sein zukünftiger Ehemann wirkte neben ihm größer denn je. Seine nächsten Angehörigen sah ich bei dieser Gelegenheit zum ersten Mal und sie ließen sich zweifelsfrei zuordnen, da alle mit der großzügig bemessenen Unterlippe und der Lücke zwischen den Vorderzähnen ausgestattet waren. Die Feier nach der Trauung fand in den Räumlichkeiten von Schmetterlings neuen Schwiegereltern statt und verlief ohne besondere Vorkommnisse. Im Laufe des Abends wurde der Riese immer ausgelassener und forderte einen Schwägerinkuss von mir ein, den ich ihm in Erinnerung an kürzlich stattgefundene Herzlichkeitsausbrüche nicht gewähren wollte und so durch sämtliche Zimmer vor ihm floh, bis er schließlich atemlos aufgab.

Die frisch Vermählten hatten für sich eine Wohnung in einem Altbau der vorigen Jahrhundertwende gemietet, in der die Decken eine beachtliche Höhe erreichten, so dass der Riese nicht gebückt gehen musste. In der Anfangszeit schienen sie sich prächtig zu amüsieren, gingen am

Wochenende gemeinsam tanzen oder veranstalteten Partys mit seltsamen Bräuchen. Einer davon schrieb für jeden Gast das Konsumieren einer Portion eindringlichen Kräuterlikörs vor, der sogleich beim Betreten der Wohnung ausgeteilt wurde. Wer das überlebte, konnte sich an Schmetterlings Fantasiebowlen laben. Er erfand immer wieder neue Kreationen und eine davon bestand aus in Weinbrand und Zucker eingelegten Pflaumen, die eine Woche ziehen durften und dann mit Rotwein, Pflaumenlikör, Sekt und einer weiteren geheimen Zutat aufgegossen wurden. Die Gäste dieses Abends kämpften am nächsten Tag nicht nur mit Kopfschmerzen, sondern mit akuten Auftreibungen im Bauchraum bis hin zu Darmkrämpfen. Vermutlich hatten die Pflaumen zusammen mit dem Alkohol und den fettlastigen Kartoffel- und Nudelsalaten im Verdauungssystem unauflösliche Konglomerate gebildet und gärten fröhlich vor sich hin. Diese Theorie wurde gestützt durch die Tatsache, dass der Schmetterling als Einziger beschwerdefrei war, da er sich die triefenden Köstlichkeiten mit Sicherheit versagt und nur an trockenem Brot geknabbert hatte. Die Folge war, dass künftig niemand der Eingeladenen bereit war, auch nur von der Bowle zu kosten, und sich jeder lieber den Getränken zuwandte, die eindeutig identifiziert werden konnten, worüber der Schmetterling schwer gekränkt war und schließlich die Produktion von Zaubertränken einstellte.

49

Das erneut freigewordene Zimmer stand nicht zu meiner Disposition, sondern wurde nach Schmetterlings Auszug zum offiziellen Wohnzimmer deklariert. Die Schneekönigin kaufte sich auf Kredit eine Schrankwand aus Mahagoni-Imitat mit offenen, weißen Schleiflackregalen, die sich bald als Fluch entpuppten, und dazu eine Sitzgruppe mit garantiert abrasionsresistenten Bezugsstoffen. Der Troll verkaufte ihr zum Sonderpreis einen von ihm ausgemusterten Glastisch, der dem Großmöbel bezüglich der Neigung zur Sammlung von Fingerabdrücken auf jeden Fall das Wasser reichen konnte und schon nach kurzer Zeit seine kristallklare Ausstrahlung durch das Auflegen von Häkeldecken verlor. Die Krönung des Ganzen war der erstmalige Einzug eines gebrauchten Schwarz-Weiß-Fernsehapparates, den die Schneekönigin mehr zu einem symbolischen Kaufpreis erstanden hatte. Der Beginn des Abendessens wurde ab sofort nach dem Fernsehprogramm ausgerichtet und wir verschluckten uns bei dem tollpatschigen Komikerduo, vergaßen zu kauen bei den Abenteuern einer Raumschiffcrew und schmierten Butterbrote mit der gleichen Geschwindigkeit wie dieser rasant sprechende Hitparadenmoderator. Nach dem unvermeidlichen Abwasch gingen wir zu Bett und ich las der Schneekönigin Geschichten aus meinen Kinderbüchern vor, bis sie einschlief.

Troll und Prinz ließen sich selten bei uns blicken und bei Schmetterling und Riese schien es erste Konflikte zu geben. Mal flatterte der Schmetterling unerwartet in unsere Wohnung und saß schluchzend bei uns auf der Couch, mal stolperte der Riese schniefend und mit roten Augen herein, jeder jeweils die Untaten des anderen schildernd und nach Mitleid heischend. Die Schneekönigin neigte dazu, dem Schmetterling gegenüber Partei für den Riesen zu ergreifen, was sie aber nicht davon abhielt, ihn bei Abwesenheit beider Kontrahenten geringschätzig als Waschlappen zu titulieren. Mir taten beide gleichermaßen leid, ich wagte aber nicht einzuschätzen, ob es schlimmer war, dass der Schmetterling dem Riesen eine 800-Kalorien-Diät aufgebrummt hatte, oder ob des Riesen Verweigerung eines Diskobesuches am Samstagabend aufgrund von ganz gewöhnlicher Müdigkeit das schwerere Vergehen war. In der Regel fanden die beiden wieder zusammen und wir hörten nichts von ihnen bis zur nächsten Krise, an der wir selbstverständlich teilnehmen durften.

Der Eisenhans, der nach wie vor pünktlich zum Monatsanfang seinen Unterhalt ablieferte, blieb auf dem Laufenden, da ihm die Schneekönigin brühwarm, unterlegt mit eigener Interpretation, alle Vorkommnisse berichtete. Der Eisenhans schwankte immer zwischen ungläubigem Staunen, Kopfschütteln und kurzem Auflachen. Wenn die Schneekönigin und er so in der Küche über Tochter und Schwiegersohn sprachen, er wie immer auf einem Stuhl sitzend, in Hut und Mantel, sie auf und ab gehend bei irgendeiner Tätigkeit, schien es mir, als ob der Eisenhans der Schneekönigin etwas zu bereitwillig beipflichtete, wie um wenigstens für einen flüchtigen Zeitraum ein kleines Stückchen Wohlwollen zugeteilt zu bekommen, das sie ihm wie Brotkrumen hinstreute und ihm einen schwachen Hauch von Zusammengehörigkeit vermittelte. Sie beendete die Audienz, wenn sie genug von ihm hatte, und schickte ihn weg. Er nahm die restlichen Krümel auf, steckte sie sich in die Manteltasche, um sie sich etwas aufzusparen, und verließ den Palast mit dem Gesichtsausdruck eines geschlagenen Boxers.

Die Schneekönigin wurde nicht müde, in regelmäßigen Abständen darauf hinzuweisen, dass sie dem Eisenhans nur für mich, für den Troll und den Schmetterling weiterhin Eintritt in ihr Reich gewähre, weil wir sonst keine Aussicht hätten, von seinem Reichtum zu profitieren. Diese Strategie entbehrte jedoch einer gewissen Logik, denn obwohl sich seine Besuche inzwischen zur Samstagsgewohnheit ausgeweitet hatten, blieb sein Erbschatz zäh auf dem Sparbuch und wurde nicht angerührt.

Wenn der Fernseher einmal nicht lief, begann die Schneekönigin zu erzählen. Ihre Geschichten handelten von der Vergangenheit, vom Eisenhans, von seiner Bösartigkeit, seiner Hinterhältigkeit, seinen Gemeinheiten, seiner Treulosigkeit, und der Hauptnenner von allem war sein durch und durch schlechter Charakter, den er nur von seinem Vater geerbt haben könne. Die Abscheulichkeiten des Eisenhans, die sie schilderte, steigerten sich von Kapitel zu Kapitel, bis ich Hörner aus seinem Kopf wachsen sah und der kleine Hauch von Sympathie und Mitgefühl für ihn von ihrem Wortsturm weggeblasen wurde. Sie beobachtete mit grimmiger Genugtuung, wie das Gift in mir zu wirken begann und mich auf ihre Seite zog.

Immer öfter begannen die Erzählungen der Schneekönigin in einer Zeit, die vor der Ära des Eisenhans lag. Von Krieg war die Rede, von Hunger und Not, von Vertreibung und Flucht und von den Russen, vor allem von den Russen. Vor allem von dem, was die Russen mit den deutschen Frauen machten, redete sie mit Detailgenauigkeit immer wieder, den Blick dabei starr und unverwandt auf mich gerichtet, es war, als ob sie nicht einmal blinzelte, und ich konnte meine Augen wie hypnotisiert nicht abwenden. Meine pubertierenden Fantasien hatten sich bisher ausschließlich mit den erfreulichen, mit Sehnsucht erwarteten Seiten der Sexualität beschäftigt und die grausigen Geschichten schlugen eine breite Schneise der Verwüstung in mein Hirn. Es gelang mir einfach nicht mehr, meine seligen Tagträume entrückt und glücklich zu Ende zu spinnen, unvermittelt schmuggelte sich die imaginäre Gestalt eines Russen in meine Gespinste und verwandelte meine rosa Brille in ein stumpfes Grau.

Es war der Schneekönigin wichtig, mir klarzumachen, dass letztendlich alle Männer so seien und es bei meiner Zeugung auch nicht gerade freiwillig zugegangen sei. Der Eisenhans stand also demnach auf der gleichen Stufe wie die fremde Soldateska und verdiente nur noch Verachtung. Es war das letzte Ass, das sie aus dem Ärmel zog.

Die Schneekönigin hustete seit langem nicht mehr. Stattdessen zwang sie mich fortan mit dem stoisch immer mit denselben Worten vorgetragenen Gräuelbericht in die Knie, jedes Mal, wenn ich in halbstarker Aufmüpfigkeit nicht das tat, was sie wollte. Ihre Augen fixierten mich dabei und er funktionierte tadellos, der Appell an mein schlechtes Gewissen, ich schämte mich, der Schneekönigin, die so viel Unheil erlebt hatte, widersprochen zu haben, und gehorchte mit bleierner Resignation.

Eines Abends plauderte die Schneekönigin zwischen Salamibrot und Essiggurke in heiterem Ton darüber, dass sie damals nicht begeistert war, zum dritten Mal schwanger zu sein, und das Kind eigentlich nicht habe austragen wollen. Da sie aber über keine entsprechenden Adressen verfügte, habe sie nicht gewusst, wie sie es anstellen solle. Unter Gelächter erzählte sie mir, dass sie damals heißen Rotwein getrunken habe und dann wie wild die Treppe hinuntergesprungen sei, weil sie irgendwo gehört habe, dies führe zu einer Fehlgeburt. Als das gewünschte Ergebnis nicht eintraf, habe sie noch sehr heiß gebadet, aber das habe auch nichts genutzt, und dann habe sie es aufgegeben.

In anderen Abendstunden erfuhr ich noch, dass die Drittgeborene ein schwieriger Säugling gewesen sein musste, der nachts ständig schrie, aber sie habe das Kind brüllen lassen und sich Wachs in die Ohren gestopft, denn wo komme man denn hin, wenn man den Balg dauernd hätschele, so ziehe man sich nur einen Tyrannen heran. Sie sprach in einer Art darüber, als ob das Mädchen, das ihr jetzt gegenübersaß, und das Baby zwei völlig verschiedene Personen seien, die nichts miteinander zu tun hatten. Ich empfand einen diffusen Schauder, den ich niemals in Worte hätte fassen können. All die ungefilterten Offenbarungen der Schneekönigin tropften leichtgängig in mein Innenleben und verteilten sich wie Kriechöl gleichmäßig in allen Windungen meiner grauen Zellen, und wo auch immer der Sitz der Seele ist, gleichermaßen auch dorthin.

50

Das Ende der Schulzeit ließ sich schon erahnen und wir bekamen alle einen Termin bei der Berufsberatung des Arbeitsamtes. Die Schneekönigin musste sich ein paar Stunden freinehmen, um mich zu begleiten. Ich hielt das Ganze für Zeitverschwendung, denn ich wusste felsenfest, dass ich Schaufenstergestalterin werden wollte. Die Beraterin wackelte mit dem Kopf, als sie meinen Berufswunsch vernahm, und versuchte mir diese Ausbildung so unangenehm wie nur möglich zu schildern. Ich blieb lange Zeit unbeeindruckt von ihren Schauermärchen, bis sie zum entscheidenden Schlag ausholte. Man müsse in dem Metier auf hohe Leitern hinaufsteigen und ob ich das könne. Genau das konnte ich wegen meines Vertigoproblems nicht und die Beraterin rieb sich die Hände. Was ich denn davon hielte, Schuhverkäuferin zu werden, fragte sie mich und stieß sogleich auf meinen erbitterten Widerstand, da ich aufgrund der umfangreichen Erfahrungsberichte des Schmetterlings genügend über diese oftmals geruchsintensive Form des Brötchenverdienens informiert war, und auch die blumigste Beschreibung dieser Tätigkeit konnte mich nicht umstimmen. Der nächste Vorschlag hatte mehr etwas mit Staub zu tun, die Dame versuchte mir eine Ausbildung im Büro schmackhaft zu machen. Vor meinem geistigen Auge ragten trostlose Aktenschränke bis unter die Decke empor und ich konnte mich auch mit diesem Gedanken nicht anfreunden. Es war der Beamtin anzusehen, dass sie mich für einen Starrkopf hielt, und zu allem Überfluss blies die Schneekönigin in das gleiche Horn wie sie, aber es war mir keine Entscheidung abzuringen. Die zornrote Schneekönigin zerrte den störrischen Esel aus dem Amtsgebäude und ließ draußen erst mal Dampf ab. Während des Nachhausewegs fiel ihr dann eine List ein. Sie schlug mir vor, zuerst einmal die Ausbildung im Büro zu machen, und wenn mir das dann doch nicht gefalle, könne ich ja anschließend noch etwas anderes lernen. Kurz vor Erreichen der Haustür gab ich nach, wenn auch halbherzig, und sah mich schon in einem öden Raum an einem hölzernen Schreibtisch sitzen, vor mir eine gigantische Schreibmaschine und am Tisch gegenüber ältliche, humorlose Kolleginnen mit grauem Dutt und Kassengestell. Mir rutschte das Herz bis in die Indianerstiefel und irgendwie roch das alles ziemlich verdächtig nach einer Falle.

51

Die unheimliche Begegnung mit dem anderen Geschlecht hatte noch nicht stattgefunden und außer meiner unerfüllten Sehnsucht nach dem Prinzen, seinem imaginären Doppelgänger und der Schwärmerei für Gummilippe gähnte eine Erfahrungslücke in mir, während so einige meiner Mitschülerinnen während der großen Pause auf einem nahe gelegenen Spielplatz verschwanden, um dort im Schutz der Büsche mit willigen Burschen den Zungennahkampf zu üben. Seit geraumer Zeit pflegte ich einen mehr oder weniger erotischen Briefaustausch mit einem etwa drei Jahre älteren Jungen, der in einem kleinen Flecken am Niederrhein wohnte. Er war der Bruder meiner Brieffreundin und hatte sich nach eigenem Bekunden unsterblich in mein Passfoto verliebt, das ich ihr einmal geschickt hatte. Seine amourösen Botschaften wurden immer zusammen mit den harmlosen Zeilen seiner Schwester im gleichen Umschlag versandt, so dass die Schneekönigin völlig ahnungslos blieb. Stets im Hinterkopf, dass der Niederrhein weit, weit entfernt sei, antwortete ich ihm freizügig auf seine Sexfantasien, was ihn wohl immer mehr zum Schwitzen brachte, und als ich ihm schriftlich zusagte, wir zögen uns im Freibad gegenseitig unter einer Decke aus, falls er denn jemals in meine Stadt komme, da hielt ihn nichts mehr. Zwischenzeitlich hatte er mir von sich auch eine Ablichtung zukommen lassen und seine Chancen auf die Siegertrophäe sanken rapide gegen null. Der Sommer nahte mit Riesenschritten, ich verfluchte meinen geografischen Trugschluss und erfand zweimal Ausreden, die gegen seinen Besuch sprachen. Seine Briefe wurden immer drängender und schließlich schlug er mir vor, wenn ich ihn nicht allein treffen wolle, seinen Freund mitzubringen, für den ich allerdings noch ein Mädchen besorgen müsse, eins, das dem Wiesenakt ebenfalls nicht abgeneigt sei. Ich ahnte, dass er nicht locker lassen würde, und ich weihte meine Schulfreundin ein. Es war die strenger Erzogene mit den umgewurschtelten Rocktaillien und sie sah nach meinen Geständnissen nicht eben begeistert aus, doch der Reiz des Abenteuers packte auch sie, nur war sie schlauer als ich und forderte zunächst einen Beweis für die optische Erträglichkeit des Kandidaten an, welcher eine Woche später eintraf und sie umstimmen konnte. Zweifellos hatte sie die bessere Karte gezogen, denn er war nicht unattraktiv mit seinen schulterlangen, blonden Haaren, dem verwegenen Cowboyhut auf dem Kopf und der Gitarre in der Hand. Mir fiel kein Schachzug ein, wie ich sie zum Tausch hätte bewegen können, und wir zermarterten uns stattdessen gemeinsam das Gehirn, wie man die zwei sexbesessenen Provinzler entschärfen könnte. Unsere Einfälle waren nicht sehr originell und wir sahen dem Sommertag, an dem sie eintreffen wollten, mit gemischten Gefühlen entgegen.

Ein bis zwei Götter des Wetters müssen Mitleid mit uns gehabt haben, denn an jenem Samstagnachmittag, als die zur Tat entschlossenen Jünglinge eintrafen, war es kühl, regnerisch und windig. Meine Freundin und ich fuhren mit der Straßenbahn zum vereinbarten Treffpunkt und lachten uns ins Fäustchen, weil uns die unromantische Entjungferung unter muffigen Wolldecken auf jeden Fall erspart bleiben würde. Wir waren zu früh und schlichen in ein Mietshaus, dessen Tür offen war, und spähten durch das Fenster des Treppenhauses auf die Straße, bis sich zwei Gestalten dem Haus näherten, die eins zu eins den Fotos entsprachen, die wir heimlich zwischen unverfänglichen Schreibwaren versteckt und immer wieder schaudernd betrachtet hatten. Meine Hoffnung, dass es sich einfach nur um eine etwas missglückte Aufnahme gehandelt haben musste, löste sich in Nichts auf, während der blonde Cowboy ein wenig zu breitbeinig neben seinem Freund den Bürgersteig entlangstakste. Die Gitarre hatte er nicht dabei, aber dafür krönte der Lederhut seine Mähne und der Regen rann an der Krempe herab. Sein Freund wirkte im Vergleich zu ihm wie ein vorzeitig gealterter Buchhaltungslehrling mit seinem biederen Erscheinungsbild, und die Vorstellung, mit ihm unter einer Decke zu stecken, erfüllte mich mit innerlichem Schüttelfrost. Wir sprangen vom Fenster zurück, prusteten und hielten uns kichernd in den Armen. Wir erwogen, einfach dort im Treppenhaus zu bleiben, bis sie von selbst wieder verschwänden, aber wir beschworen uns schließlich, dass bei Regenwetter keine Gefahr drohe, und stolperten zögernd die Treppe hinunter.

Nach der Begrüßung knurrten die Niederrheiner über das Wetter und schlugen einen Kinobesuch vor. Meine Freundin und ich gingen beschirmt und eingehakt vor, dann und wann tuschelnd oder unterdrückt lachend, und die beiden Beischlafverhinderten schlurften missmutig hinterdrein. Es war ihnen gleichgültig, welcher Film gespielt wurde, nur sollten es auf jeden Fall vier Plätze auf der Empore sein, und sie bezahlten scheinbar großzügig unsere Eintrittskarten. Meine Freundin und der Cowboy saßen genau hinter uns, und als das Licht ausging und der Film begann, fragte ich mich, wieso mir nicht vorher aufgefallen war, dass der Biederjunge mindestens zehn Hände hatte und die Zunge eines Leguans. Während ich versuchte, mein Gesicht aus der Waschanlage zu ziehen, zerrte er unter meinem Rock an meiner Unterhose und mit einer anderen seiner zahlreichen Hände an dem Verschluss meines Büstenhalters, und weil alles nicht so recht gelingen wollte, wurden nach und nach alle Greifwerkzeuge eingesetzt. Der Film schien mir interessanter als die hektische Grapscherei zu sein und ich versuchte, an ihm vorbei auf die Leinwand zu schielen, wo sich gallische Krieger mit römischen Imperatoren prügelten, aber die elfte Hand zog mein Gesicht immer wieder in die Nasszone zurück. Als er glaubte, den Kampf mit meinem Slip gewonnen zu haben, stieß er auf dicke Watte, denn es gab noch eine Göttin, die mir an diesem Tag wohlgesonnen war, und wenn ich sonst auf die monatliche, schmerzhafte Heimsuchung gern verzichtet hätte, war ich diesmal wirklich dankbar für sie, und der Leguan zog seine Finger lustlos zurück. Er sank in seinem Sitz nach unten und die Gesichtszüge mit ihm. Ich schaute nach hinten, um zu erfahren, ob es meiner Freundin ähnlich erging, und begriff die Vorteile eines Cowboyhuts. Jedes Mal, wenn der Blonde sie küssen wollte, zog sie ihm einfach den Hut vor das Gesicht. Der Film war aus und nicht nur die Römer waren erst mal besiegt. Wir tapsten benommen in das graue Tageslicht hinaus und in einem letzten Aufbäumen luden uns die Geschlagenen noch in eine Wirtschaft zu einem Umtrunk ein. Ihre letzte Enttäuschung des Tages war, dass es in der Kneipe keine versteckten Sitzecken gab und wir nur Cola bestellten. Die Gespräche waren zäh wie altes Kaugummi, wir Mädels rutschten auf den Stühlen herum und waren erleichtert, als die Eisenbahn das Ende dieses Rendezvous bestimmte. Wir hielten den Jungs mit ausgestrecktem Arm die Hand entgegen und traten etwas benommen den Heimweg an. Die Schneekönigin saß vor dem Fernseher und ich ging schnell ins

Badezimmer, um mir das Gesicht zu waschen, weil ich befürchtete, sie könnte bei genauerem Hinsehen die dicke Speichelschicht erkennen und unangenehme Fragen stellen. Meine Sorge war völlig unbegründet, weil sie fasziniert dem schnellsprechenden Moderator lauschte und nur einen kurzen Blick auf mich warf. Den ganzen Abend fühlte ich immer noch die Krakenarme um mich und die bohrende Zunge in meinem Mund, während gleichzeitig ein dicker Gallier in gestreiften Hosen römische Legionäre durch die Luft wirbelte, was letztlich bei mir einen größeren Eindruck hinterließ als die krampfhaften Triebnöte des Niederrheiners.

52

Im letzten Wintermonat vor der Schulentlassung begannen die Schneekönigin und ich, den Anzeigenteil der Samstagsausgabe unserer Tageszeitung auf Lehrstellenangebote zu untersuchen. Es war nicht unbedingt üblich, Bewerbungsunterlagen per Postzustellung einzureichen, bei den meisten Firmen war direkt eine persönliche Vorstellung erwünscht. Alle Annoncen rochen unterschiedslos nach muffiger Büroluft und ich schob die Ausschnitte allesamt lustlos auf dem Tisch hin und her, bis wir eine fanden, die immerhin einen Funken Neugierde bei mir erweckte. Eine Institution, die etwas mit Hundezüchtervereinen zu tun hatte, suchte einen weiblichen Lehrling im kaufmännischen Bereich. So kam es, dass sich die Schneekönigin und ich einige Tage später auf dem Weg dorthin befanden. Meine nagelneuen Stiefel in Schlangenlederimitat und der abgelegte Designermantel vom Schmetterling gaben mir ein gewisses Selbstbewusstsein. Während die Schneekönigin alle paar Minuten versuchte, mir nicht mehr ganz zeitgemäße Benimmregeln einzutrichtern, brodelte in meinem Kopf ein Gebräu aus Unbehagen und Rebellion. Schließlich erreichten wir das Gebäude, das noch diesseits der Bahnlinie in einer kleinen Straße lag und wie ein gewöhnliches Wohnhaus mit mehreren Etagen aussah. Im ersten Obergeschoss öffnete uns ein dunkelhaariges Mädchen mit Locken und lustigen Augen die Tür, das etwa ein Jahr älter als ich sein mochte. Es führte uns durch einen Büroraum, in dem es genauso roch, wie ich es mir vorgestellt hatte, und in dem wir an ein wesentlich älteres weibliches Wesen übergeben wurden, das einen strengen, etwas vergrämten Eindruck vermittelte. In seiner Funktion als rechte Hand des Chefs geleitete es uns in das eher bescheidene Refugium der obersten Führungskraft.

Ein beleibter Mann im fortgeschrittenen Alter, dessen Kopf einer blankpolierten Billardkugel glich, erhob sich schwerfällig und ein wenig schnaufend, um uns zu begrüßen. Auf einem Stuhl saß ein Rauhaardackel, der uns aufmerksam beobachtete und vorbeugend knurrte. Der Chef studierte mein letztes Schulzeugnis, tupfte sich hin und wieder mit einem Stofftaschentuch die Stirnglatze ab und stellte mir ein paar belanglose Fragen, unter anderem, ob ich Hunde möge. Ob es nun daran lag, dass ich diese Frage bejahte, oder ob meine reptilienbelederten Unterschenkel, die er hin und wieder anstarrte, den Ausschlag gaben, jedenfalls sagte er mir den Ausbildungsplatz zu und ließ die Sekretärin ohne Verzögerung die Vertragsformulare ausfüllen. Das monatliche Lehrlingsgehalt würde sich im ersten Jahr im zweistelligen Bereich bewegen, aber im Vergleich zu meinem derzeitigen Taschengeld mit einstelligem Faktor sah ich mich gleich dem Entenhausener Onkel schon in Gold baden.

53

Die letzten Wochen in der Schule tropften gemächlich wie Nasen im frischen Lackanstrich und es hatte auch niemand mehr so richtig Lust, die mehr oder weniger kleinen Schönheitsfehler auszubügeln. Mein Zeugnis glänzte erfahrungsgemäß durch Polarität und die Sprachen waren wie gewöhnlich der Gewinner. Es war ein seltsames Gefühl, aus dem Gebäude zu gehen und zu wissen, es nie mehr wieder zu betreten. Unser lieber Klassenlehrer war sichtlich bewegt und ich bedauerte, nur so wenige Jahre lang das Vergnügen gehabt zu haben, von einem so freundlichen Menschen unterrichtet zu werden. Auf dem Nachhauseweg muss sich hinter mir eine Kriechspur gebildet haben. Ich ging sehr langsam und plötzlich machte sich eine Wehmut in mir breit bei all den Erinnerungen der letzten drei Jahre. Ich sah mich mit einer Schulfreundin unterwegs auf der Straße, ich immerzu denselben Song von den Stones singend, bis sie mich entnervt fragte, ob ich nicht endlich mal die Platte wechseln wolle, und wie wir uns kichernd die Bäuche hielten. Wie ich wegen Schwatzens strafversetzt wurde und neben dem spiegeleibraunäugigen Jungen zu sitzen kam, der über den gleichen Humor wie ich verfügte, und wir uns vor Lachen überhaupt nicht mehr einkriegen konnten, bis der Lehrer aufgab und mich an den gewohnten Platz zurückwechseln ließ. Wie wir Schüler unserem Lehrer zur Geburt seines ersten Kindes einen Blumenstrauß auf das Pult legten und er vor Rührung weinte. Wie er aufmerksam die Stimmungen seiner Anvertrauten registrierte und mich regelmäßig nach Hause schickte, wenn er meine vierwöchentlich stattfindende Misere, begleitet von Leichenblässe und Übelkeit, konstatiert hatte. Ich kroch in die Wohnung und wartete auf die Schneekönigin, die dann später das Zeugnis gleichgültig betrachtete und noch irgendeinen bedeutsamen Spruch zum Besten gab, etwas in der Art, dass jetzt der Ernst des Lebens anfange. Ich war mir ziemlich sicher, dass sie sich bei der Bestimmung des Zeitpunkts um beinah Lichtjahre geirrt haben musste, oder, um genauer zu sein, konnte ich mich nicht erinnern, dass es jemals am Ernst des Lebens gefehlt hätte.

Bevor meine Lehrzeit begann, hatte ich noch ungefähr zwei Wochen frei, die ich mit Nichtstun im Park ausfüllte. Ich schaute in den blauen Himmel und konnte mir noch gar nicht vorstellen, nicht mehr in die Schule zurückzukehren und in Kürze acht bis neun Stunden in einem Büro zu verbringen. Ich malte mir aus, wie ich staubbedeckt mit krummem Rücken hinter Aktenordnern hockte, zwischen denen sich Spinnennetze gebildet hatten, meine Hände faltig und vertrocknet, im Hirn nur noch dumpfe Leere. Mir wurde ganz übel.

In der Zeit fand auch noch eine kleine private Schulabschlussfeier statt, zu der einige wenige Mädels eingeladen waren. Irgendwie hatte der Vater der Mitschülerin etwas mit einer bekannten Zigarettenmarke zu tun und die Räumlichkeiten befanden sich auf einem Industriegelände. Eine nebulöse Erinnerung an Luftballons, Bowle, Zigarettenatrappen, Luftschlangen, Bowle, bestimmt Kartoffelsalat mit Würstchen, Musik, Tanz, Bowle, singend im Auto des Vaters der Mitschülerin nach Hause, schwankend die Treppe hinauf, wie ein Stein ins Bett fallend. Die Schulzeit zu Grabe getragen mit einem Mordsrausch. Die Schneekönigin am nächsten Morgen kopfschüttelnd und Vergleiche mit dem Eisenhans anstellend. Ich fand das unzutreffend, denn in einem ähnlichen Zustand hatte der Eisenhans niemals gesungen oder gelacht.

54

In der Wohnung über uns wohnte ein Ehepaar mit einer etwa neunjährigen Tochter. Wir hatten keinen näheren Kontakt mit ihnen, aber das Mädchen machte einen verstörten Eindruck. Seine Augen schauten wie die eines gehetzten Tieres. Eines Abends hörten die Schneekönigin und ich Lärm im Treppenhaus. Wir schauten vorsichtig aus der Tür, um herauszufinden, was da vor sich ging. Das Mädchen von oben rannte im Nachthemd die Treppe herunter und von oben brüllte der Vater, es solle sofort wieder heraufkommen. Das Mädchen starrte uns aus geweiteten Augen an und blieb auf der Treppe stehen. Die Schneekönigin rief das Kind zu sich und zog es in unsere Wohnung. Sie fragte es mit sanfter Stimme und Milde im ganzen Gesicht, ob es geschlagen werde. Das Mädchen antwortete zuerst nicht, aber nach nochmaliger Nachfrage nickte es. Die Schneekönigin öffnete die Tür und rief mit strenger Stimme nach oben, wo der Vater immer noch stand, er solle das Kind nicht schlagen, sonst werde sie die Polizei holen. Dann streichelte sie dem Mädchen über das Haar und schickte es zurück in die elterliche Wohnung. Dort blieb es den ganzen Abend still. Ich sah die Schneekönigin immer wieder verstohlen von der Seite an und konnte nicht glauben, dass es die gleiche Frau war, die noch vor nicht allzu langer Zeit den Schmetterling halb totgeschlagen hatte. Als sie mit dem Mädchen sprach, wirkte sie wie die gute Fee mit dem Zauberstab, die mit einer einzigen Handbewegung unerträgliche Zustände beenden konnte. Ihre ganze Körperhaltung, ihre Miene, ihre Stimme glichen nicht ihr selbst in den wenigen Minuten des Vorfalls, so, als sei sie ganz kurz in eine andere Haut geschlüpft. Ich hatte mal ein Märchen gelesen, in dem sich eine böse Hexe in eine gute Fee verwandeln konnte, um Menschen zu täuschen, die ihr vertrauten und dann ins Verderben gestürzt wurden. Ich nahm mir fest vor, auf der Hut zu sein. Als wir wie immer im alten Ehebett nebeneinanderlagen und sie eingeschlafen war, beugte ich mich über sie und mir schien, als ob sie mich durch die geschlossenen Augenlider kalt anfunkelte.

55

Und so machte ich mich eines schönen Sommermorgens auf den Weg zu meinem neuen Abenteuer, in dem ich mutmaßlich Aktengipfel erklimmen und mich in Papierlabyrinthen verirren würde. Das Mädchen mit den lustigen Augen hatte offenbar wieder Türdienst und es führte mich wie beim Vorstellungstermin in den ersten Raum zu der älteren Angestellten, die mich spröde willkommen hieß und einen Rundgang mit mir durch alle Büros unternahm, um mich den zukünftigen Arbeitskolleginnen vorzustellen. Es gab noch ein Mädchen, das etwa drei Jahre älter war als ich und genauso lange schon im Betrieb. Ihr Gesicht ähnelte ein wenig dem eines schlecht gelaunten Papageien und ich führte das auf die Länge ihrer Betriebszugehörigkeit zurück. Das Mädchen mit den spitzbübischen Augen saß im gleichen Raum. In einem anderen Zimmer arbeiteten zwei junge Frauen Anfang 20, von denen eine die Tochter der grämlichen Bürovorsteherin war. Es gab noch eine Kaffeeküche, die üblichen sanitären Anlagen und im letzten Büro stieß ich beim Betreten auf eine Art Mausoleum. Es war die Buchhaltung und der kleingewachsene Meister war bereits in einem biblischen Alter. Er hatte einen beachtlichen Buckel, nur noch wenige Haare auf dem Kopf und roch ein bisschen schlecht. Dazu steckte er in einem schwarzen Anzug mit Krawatte, der ihm früher einmal besser gepasst haben mochte und ihm eine rührend-nostalgische Note verlieh. Seine Mitarbeiterin sah ebenfalls aus, als sei sie längst in den Jahren des verdienten Ruhestands, und ich fragte mich, ob sie beide eines Tages einfach vergessen hatten, nach Hause zu gehen, und nun für immer blieben und ihr Gnadenbrot erhielten. Der betagte Herr der Finanzen reichte mir zur Begrüßung die leise zitternde Hand und seine Kollegin wünschte mir mit etwas mehr Frische einen guten Anfang. Alsdann wurde mir eröffnet, dass ich im Laufe meiner Lehrzeit nach und nach in allen Abteilungen arbeiten würde und ich der Buchhaltung für die ersten Monate zugeteilt sei. Meine mühsam aufgebaute Zuversicht, dass alles schon nicht so schlimm sein werde, platzte wie eine Seifenblase und mir wurde schwindelig. Die Büroleiterin schloss die Tür von außen und mir wurde der freie Schreibtisch angewiesen. Er war schon sehr alt, aus Holz und hatte deutliche Gebrauchsspuren. Irgendwie passte er zu den beiden Angestellten. Zum Einstieg wurde mir ein Stapel Rechnungsduplikate übergeben, deren jeweilige Summe ich in eine kleine elektrische Rechenmaschine eingeben sollte. Ich tippte. Die Summen waren zum großen Teil identisch, immer die gleichen Zahlen, und meine Gedanken schwebten davon wie ein Luftballon. Bei jedem Addieren das unmelodische Krackkrack. Als ich fertig war, musste die Endsumme mit einem anderen Papier verglichen werden. Natürlich stimmte es nicht überein. Ich drehte den Stapel Papier um und begann von neuem. Tipptipp, krackkrack. Irgendwann war Feierabend und die Summe stimmte immer noch nicht überein. Der greise Buchhalter schüttelte den Kopf und murmelte, dann müsse eben morgen noch mal gerechnet werden. Ich wankte mit brummendem Schädel nach Hause, und als ich im Bett lag, hörte ich immer noch das Krackkrack der Maschine. Die öden Summen tanzten dazu im Takt und ich fühlte ganz deutlich, wie die Staubfäden bereits in meinen Haaren knisterten.

In den nächsten Wochen wurde die Situation nicht besser. Irgendwo fehlte immer ein Pfennig, der akribisch gesucht werden musste. Es wurde nur das Nötigste gesprochen und meine Langeweile konnte man inzwischen mit zehn A's schreiben. Einziger Lichtblick waren zunächst nur die Mittagspausen, in denen ich oft mit dem lockigen Mädchen zusammen war. Zu meinen Aufgaben gehörte es bald auch, morgens um 9 Uhr Kaffee oder Tee für alle zu kochen. Wenn sämtliches Pulver, Teebeutel, Filtertüten, Zucker und Milch verbraucht waren, bekam ich Geld in die Hand gedrückt und sollte einkaufen gehen. Diese kleine Stunde der Freiheit nutzte ich weidlich aus und zögerte die Rückkehr ins Büro nach Möglichkeit hinaus, mir immer wieder eine andere Ausrede ausdenkend, warum ich erst so spät zurückkäme. Irgendwann trieb ich mich etwas zu lange in der Stadt herum und bekam einen ordentlichen Anschiss von der Büroleiterin. Meine Einkaufsspaziergänge wurden mir entzogen und auf jemand anderen übertragen. Ich beschloss finstere Rache. Eines Morgens, als ich zur Getränkezubereitung abkommandiert worden war, schüttete ich eine Überdosis Salz in den Kaffee, aber nur bei denen, die es meiner Meinung nach verdient hatten. Die Lockige war eingeweiht und konnte es kaum erwarten, bis ich alle Tassen verteilt hatte. Die Reaktion war wirklich sehenswert. Mit ekelverzerrtem Gesicht spuckte die Büroleiterin den Kaffee zurück in ihre Tasse und die anderen Betroffenen taten es ihr nach. Niemand von ihnen konnte aber analysieren, warum der Kaffee so grauenhaft schmeckte, und ich beteuerte mit großen Unschuldsaugen, ihn so wie immer gekocht zu haben. Diejenigen, die von der Salzverseuchung verschont geblieben waren, schüttelten den Kopf und murmelten, da sei doch alles in Ordnung. Die Lockige hielt sich die Hand vor den Mund und versuchte grunzend, das Lachen zu unterdrücken. Schließlich wurde einhellig vermutet, die Milch sei einfach schlecht geworden und es müsse frische gekauft werden. Da alle außer mir mit Wichtigem beschäftigt waren, wurde doch wieder ich losgeschickt, und mit hinterhältigem Lächeln ging ich langsamen Schrittes zum möglichst am weitesten entfernten Geschäft.

56

Das Ehefundament zwischen dem Troll und dem Prinzen hatte inzwischen tiefe Risse. Häufiger saß der Troll am Wochenende mit grimmigem Gesichtsausdruck bei der Schneekönigin im Wohnzimmer und beschwerte sich darüber, dass der Prinz seiner Meinung nach viel zu häufig Zeit bei seiner Mutter verbringe. Heftig mit verkniffenen Augen an der Zigarette ziehend, löste sich die mögliche Erkenntnis, dass er selbst inzwischen ziemlich oft bei der Schneekönigin hockte, in Rauch auf. Irgendwie wirkte er wie ein Kommunalpolitiker auf Stimmenfang. Es schien da auch in des Trolls Freundinnenkreis ein paar zu geben, die unausgereiften Emanzipationsoffensiven anhingen, bereits ihre BHs auf den Scheiterhaufen geworfen hatten und in jedem männlichen Wesen einen potenziellen Frauenfeind vermuteten. Das mutmaßliche Muttersöhnchen an der Seite des Trolls wurde wahrscheinlich als gefundenes Fressen bejubelt, um ein Exempel zu statuieren. Aus den Gesprächsfetzen, die vom Wohnzimmer aus in meine Eckparzelle in der Küche wehten, konnte das Wort Scheidung immer deutlicher herauskristallisiert werden. Die Schneekönigin als versierte Männerverächterin schlug mit Vergnügen in die gleiche Kerbe, zumal sie die Mutter des Prinzen sowieso nicht leiden konnte. Der kleine Keim, der in mir schon etwas stillgelegt war und sein Wachstum eingestellt hatte, begann sich wieder zu regen. Wenn der Prinz und der Troll sich trennten …

Eines Freitagabends, als ich vom Erbsenzählen nach Hause kam, stand die Schneekönigin schon in der Wohnungstür und schaute ganz seltsam. Sie schob mich ins Wohnzimmer und fing ohne lange Einleitung an, zu erzählen. Der Prinz war ins Krankenhaus eingeliefert worden. Er sei vom

Troll gefunden worden, bewusstlos im Bad ihrer Wohnung auf dem Boden liegend, eine leere Flasche WC-Reiniger neben sich. Mein Brustkorb schrumpfte zusammen und formte aus meinem Herz eine kleine harte Kugel. Aber er lebte. Man habe ihm den Magen ausgepumpt, sagte sie. Warum er das wohl getan habe. So etwas mache man doch nicht. Das könne er dem Troll doch nicht antun. Wieder einmal sah ich sie von der Seite an und fragte mich diesmal, ob sie sich noch an die Hetzkampagne erinnerte, die auch von dieser Couch aus unterstützt worden war.
Wir gingen am Sonntag ins Krankenhaus, um den Prinzen zu besuchen. Er habe doch keinen WC-Reiniger geschluckt, erzählte der Troll, sondern nur Schlaftabletten. Die Flasche mit dem Reiniger habe nur zufällig dort gelegen. Der Troll holte uns ab und fuhr mit dem „deux chevaux" zügig zur Klinik. Ich hatte Angst vor dem Zustand, in dem der Prinz sein würde, und schlich unglücklich den Krankenhausgang entlang. Der Troll mit forschem Schritt voran, energisch an die Tür klopfend und ohne Zögern eintretend. Mein Herz ein Tischtennisball. Die Schneekönigin etwas langsamer dem Troll hinterher. Ich drückte die nur halb geöffnete Tür vollends auf und schaute direkt in seine grauen Augen. Er saß im Bett, die Hände gerade vor sich auf die Bettdecke gelegt. Sein ganzes Gesicht strahlte, als er mich sah, und der Troll, der sich auf das Kopfteil gesetzt und den Arm provisorisch besitzergreifend auf den Rahmen des Bettgestells gelegt hatte, registrierte stirnrunzelnd, dass er nur mich anschaute. Ich setzte mich auf das Fußende, und außer ihn anzulächeln, fiel mir nichts Intelligentes ein, schon gar nicht, was ich ihm sagen könnte. Die Schneekönigin hatte ihren starren Blick und hielt sich krampfhaft an den Henkeln ihrer Handtasche fest, die sie auf ihren Schoß gestellt hatte. Unbewegt wie einzementiert saß sie auf dem Besucherstuhl, die Knie fest zusammengepresst, und sprach ebenfalls kein Wort. Der Troll ließ hin und wieder eine banale Bemerkung fallen und man konnte glauben, wir säßen nicht am Bett eines Mannes, der hatte sterben wollen. Nach einer zähen Besuchsstunde brachen wir wieder auf und ich drehte mich im Türrahmen noch einmal zu ihm herum, in der Hoffnung, er werde mich zum zweiten Mal so ansehen wie beim

Hineingehen. Er enttäuschte mich nicht und der kleine harte Tennisball in meiner Brust fing an zu hüpfen.

Am gleichen Tag fand im Wohnzimmer der Schneekönigin wieder einmal eine Besprechung zwischen ihr und dem Troll statt. Ich hielt mich möglichst unauffällig oft im Flur auf, wo ich trotz geschlossener Tür genug hören konnte. Die Schneekönigin wollte wissen, wie es denn nun weitergehen solle, und der Troll hielt daraufhin einen pseudowissenschaftlich-psychologischen Vortrag, dass der Prinz das nur getan habe, um ihn, den Troll, davon abzuhalten, sich scheiden zu lassen, dass er sich gar nicht umbringen, sondern den Troll einfach nur unter Druck setzen wollte. Diesem Erpressungsverhalten dürfe man aber auf keinen Fall nachgeben. Die Schneekönigin hatte sich bisher noch nie mit solchen komplizierten Querstraßen des Seelenlebens beschäftigt und schwieg. Meine Kenntnisse in dem Bereich waren auch ziemlich dürftig, aber ich wusste bereits, wie sich zu Tode traurig im Inneren anfühlte, und der Ausdruck in des Prinzen Augen sagte mir, dass der Troll keine Ahnung hatte, wie es in ihm wirklich aussah.

57

Mit der Lehrzeit begann auch die regelmäßige Teilnahme am Berufsschulunterricht. Am ersten Unterrichtstag musste jede von uns vor der ganzen Klasse erzählen, in welchem Betrieb sie die Ausbildung machte. Die meisten Firmennamen klangen irgendwie normal, gewöhnlich, und als ich meine Ausbildungsstätte nannte, ging gleich das Gekicher los. Ich hatte schon Sorge, dass ich den ersten Platz in der Lachhitliste innehatte, aber es war doch noch zu toppen und das Mädel, das bei einer Institution für die Kriegsgräberpflege untergekommen war, sorgte für erheblich mehr Erheiterung. Sie machte ein leidvolles Gesicht, bis die Letzte gestand, beim Verband der Kriegsversehrten ihre Ausbildung angetreten zu haben, was für alle der absolute Brüller war. Der Lehrer machte ein strenges Gesicht und klärte uns über diese Verbände und die Hintergründe auf, was uns alle zum Schweigen brachte.

Dieser Lehrer musste einer anderen Zeit entsprungen sein. Sein Alter war zwar noch nicht ganz so biblisch wie das unseres Buchhalters und im Gegensatz zu diesem war er von großer Statur, hager, ja dürr, aber leicht gebeugt lief er auch. Seine Augen wurden von einer leicht getönten, altmodischen Brille verborgen und sein Anzug schlotterte an ihm herunter. Zur Auflockerung unserer ersten Unterrichtsstunde stellte er uns eine Rätselfrage. Wir sollten erraten, wie er mit Nachnamen hieß, und als Tipp gab er an, dieser stimme mit einer bekannten Popgruppe überein. Wir riefen alle durcheinander die Namen von Bands, die wir kannten, in den Raum, aber nie stimmte es und er freute sich kichernd und diebisch wie ein kleiner Junge. Als wir es schließlich aufgaben, schrieb er die Lösung an die Tafel. Es war der zweite Teil des Titels einer australischen Drei-Brüder-Band und der dann deutsch ausgesprochen. Wir grölten protestierend, weil auch diese Popgruppe in unseren Aufzählungen dabei gewesen war, aber das wollte er nicht gelten lassen, da wir es in Englisch ausgesprochen hatten. Eines hatte er aber auf jeden Fall mit dieser Aktion erreicht, nämlich, dass wir ab sofort eingeschweißte Schwestern gegen ihn waren und sich alle bedeutungsvoll an die Stirn tippten, wenn die Rede auf ihn kam.

Bei ihm sollten wir das Maschinenschreiben lernen. Er hatte eine ganz besondere Art, uns diese Fingerfertigkeit zu vermitteln. Er wies uns an, wie man, ohne auf die Tasten zu schauen, den richtigen Buchstaben treffen konnte. Die erste Lektion war, mit der linken Hand „asdf“ und mit der rechten „jklö“ zu schreiben, und zwar unaufhörlich, mehrere Seiten lang. Im Takt. Er stand vorn, rief laut die Buchstaben der Reihe nach und stampfte dazu rhythmisch mit dem Fuß. Wir tippten und die eine oder andere stampfte mit. In einem Militärlager hätte es kaum anders zugehen können und es wäre nicht verwunderlich gewesen, wenn er von uns verlangt hätte, die Schreibmaschinen im Laufschritt quadratmäßig an den Wänden des Klassenzimmers entlang mehrere Runden lang zu stemmen.

Der Lehrer litt auffallend oft an Kopfschmerzen. Wahrscheinlich lag es daran, dass er alle Klassen auf diese Art unterrichtete und der Sound der mechanischen Schreibmaschinen von 30 Mädchen in einem Raum langsam, aber sicher sein Gehirn durchlöcherte. Vielleicht lag es aber auch daran, dass er diesen paramilitärischen Job längst leid hatte und am Abend zu sehr Trost in alkoholischen Getränken suchte. Wie es auch immer gewesen sein mag, jedenfalls fragte er fast jeden Morgen, ob eine der Damen vielleicht eine Kopfschmerztablette bei sich habe und er eine davon haben könne. Er stützte dabei seinen Kopf gramvoll in die Ellenbogenhaltung und stöhnte. Die wenigsten von uns konnten ihm Hilfe leisten, aber ich hatte aus leidvoller Erfahrung immer eine Packung Menstruations-Schmerztabletten in der Tasche. Ich zögerte zuerst, aber dann drückte ich eine Tablette davon heraus und brachte sie ihm nach vorn. Er bedankte sich überschwänglich und warf sie sofort mit etwas Wasser aus dem Waschbeckenhahn schwungvoll in seinen Rachen. Nach der Stunde ließ ich meine nächstsitzenden Mitschülerinnen wissen, was ich ihm da für eine Tablette gegeben hatte. Das Gekreische war gewaltig und am Ende wusste die ganze Klasse davon. Als wir das nächste Mal unsere Fingerübungen beim Brother G. hatten, fragte ich ihn zu Beginn der Stunde, ob die Tablette denn geholfen habe. Er bejahte und erzählte völlig begeistert, dass noch nie zuvor eine Tablette so wirksam gewesen sei und ob ich ihm den Namen des Medikaments aufschreiben könne. Die Mädels kicherten verhalten und ich kam ziemlich ins Schleudern. Mit dem Versprechen, ihm beim nächsten Mal einen Zettel zu geben, da ich diesmal die Tabletten nicht dabei habe, gab er sich zufrieden und ich schrieb ihm einen Medikamentennamen auf ein Papierstück, der unverfänglich war und auch versprach, gegen jedwede Art von Schmerzen hilfreich zu sein. Ich fragte nie mehr nach, ob seine Kopfschmerzen gelindert seien.

Nach der Berufsschule gingen einige von uns öfters in ein Café, um ein bisschen über die Lehrer zu lästern oder sich sonst wie auszutauschen. Eine Mitschülerin hatte den Beruf verfehlt, denn sie gehörte meiner Meinung nach mindestens in einen Kirmesbetrieb, Abteilung Geisterbahn. Sie hatte die seltsame Gabe, ihre Augäpfel vollständig nach oben verschwinden zu lassen, und es bereitete ihr eine tierische Freude, uns an der Schulter anzutippen, wenn wir uns anderweitig unterhielten, um uns dann unvorbereitet das blanke Weiß ihrer Augen zu präsentieren. Das Geschrei war garantiert und sie amüsierte sich köstlich. Das war nicht das Einzige, was sie zu bieten hatte, denn sie warf uns ständig in einem unbemerkten Augenblick dicke kleine Gummispinnen in unsere Cola, die wir immer erst beim letzten Schluck bemerkten. Irgendwann dachten wir uns ein paar Tricks aus, wie wir sie vor der Wirtschaft abhängen konnten, aber trotzdem gelang es keinem von uns, jemals das Glas ohne Argwohn auszutrinken.

58

Endlich wurde ich im Büro in eine andere Abteilung versetzt. Mit Erleichterung verließ ich den Tempel des irrealen Pfennigs und wechselte in den Raum, in dem die Chefsekretärin und noch eine andere Angestellte arbeiteten. Mein neuer Schreibtisch war auch ziemlich alt und ein wahres Ungetüm von mechanischer Schreibmaschine machte sich auf ihm breit. Dank des Berufsschuldrills konnte ich auch inzwischen ganze Sätze auf ihr schreiben und mir wurde die Bearbeitung relativ unbedeutender Korrespondenz übertragen. Meistens kamen schriftliche Anfragen anschaffungswilliger Hundefreunde, wo der nächste Züchter zu finden sei, und meine Aufgabe bestand darin, eine kopierte Liste, zusammen mit einem kleinen Begleitbrief, an den zukünftigen Welpenbesitzer abzuschicken. Wir hatten auch etliche Hochglanzbroschüren und Ratgeberhefte zu den verschiedenen Rassen im Bestand, die ich großzügig und kostenlos beilegte. Das ging so lange gut, bis sich die Dankschreiben häuften, ich einen gehörigen Rüffel einstecken musste und die schönen Bildbändchen außerhalb meiner Reichweite gelagert wurden.

Turnusmäßig war ich für das Frankieren der Post zuständig. Die Briefe wurden durch eine Maschine gejagt; wobei man höllisch aufpassen musste, dass jeder auch nur einmal gestempelt wurde. Pakete und Päckchen verlangten nach sorgsamer Umhüllung und anschließender Paketbandverschnürung. Die Chefsekretärin persönlich überprüfte die Festigkeit der Schnur und war meistens nicht zufrieden. Wenn alles fertig war, füllte ich es in eine riesengroße Reisetasche, manchmal waren es auch zwei, und wankte zu Fuß zur Hauptpost, die ungefähr eine Viertelstunde vom Betrieb entfernt war, um dort alles abzuliefern. Meine Arme bekamen regelmäßig das Längenformat eines Gorillas und ich war froh, wenn eine der motorisierten Angestellten die Gnade hatte, mich und die Postsäcke hinzufahren.

Zu dieser Zeit arbeiteten bereits viele italienische Gastarbeiter in der Stadt und einige von ihnen brachten mich jedes Mal in Rage, wenn ich miniberockt mit meinem Schwertransport die Straße entlangschlingerte und sie nichts Besseres zu tun hatten, als stehen zu bleiben, zu pfeifen und irgendwelche Komplimente in ihrer Muttersprache auf mich loszulassen, nicht selten begleitet von Fingerspitzenküsschen. Ich knurrte ihnen in meiner Muttersprache reichlich unfreundliche Titulierungen zu, die auch das Wort Spaghetti enthielten, was sie aufgrund von Verständnisschwierigkeiten nicht bekümmerte und ihre Begeisterung in keinster Weise beeinträchtigte. Einmal zog ich ein Paket aus der Tasche und holte zum Schein aus, was sie lachend zur Flucht bewegte, und unter Ciao-Bella-Rufen hüpften sie gut gelaunt davon.

59

Meine ehemaligen Mitschülerinnen traf ich nur noch selten. Aus den Augen, aus dem Sinn. Feierabend war Fernsehabend mit der Schneekönigin. Bestimmte Serien gehörten zu unserem Standardprogramm und ein Highlight waren freitags im Vorabendprogramm „Stan und Ollie". An einem kalten und trüben Novemberabend machte ich mich eilig auf den Weg zur Straßenbahnhaltestelle, an der auch die Schneekönigin immer einsteigen musste und wo wir uns in der Bahn oft trafen. Die Schneekönigin hatte bei einer Versicherung eine Anstellung in der zentralen Poststelle bekommen und wir tauschten hin und wieder Lasteselerfahrungen aus. Als ich an der Ampelkreuzung ankam, sah ich sie bereits bei den Schienen stehen. Ich wartete ungeduldig auf das Grünlicht und winkte zu ihr herüber, aber sie schaute zwar in meine Richtung, sah mich aber nicht und die Bahn näherte sich schon. Ich trippelte von einem Bein auf das andere und sprintete sofort los, als die Ampel umsprang. Ein harter Schlag traf mein Bein und ich flog mehrere Meter nach vorn. Als ich benommen aufschaute, fiel mein erster Blick auf das Rad eines PKWs und dann in viele Gesichter, die sich zu mir hinunterbeugten und irgendetwas sagten, was zunächst nicht in mein Bewusstsein vordrang. Ein Mann hielt einen bleichen jungen Burschen am Arm fest, neben dem ein Moped auf der Straße lag, und rief mit kräftiger Stimme, er sei Polizist in Zivil, habe alles gesehen und es solle jemand einen Krankenwagen rufen. Ich schaute zur Straßenbahn hin, in die die Schneekönigin eingestiegen war, auf der Seite zu mir am Fensterplatz saß und hinausschaute, aber sie schien ins Leere zu starren. Kurze Zeit später wurde ich von Sanitätern auf eine Krankentrage geschnallt, in den Wagen geschoben und mit Blaulicht in die Unfallklinik gefahren. Der junge Kerl hatte mich mit seinem Zweirad umgenietet und im Krankenhaus sollte untersucht werden, an welchen Stellen ich Blessuren davongetragen hatte. Der eine Unterschenkel tat höllisch weh und auch der Arm, mit dem ich auf dem

Asphalt aufgeschlagen war, aber es waren keine Brüche, sondern Prellungen. Nachdem die Untersuchungen abgeschlossen waren, sollte mir eine der Krankenschwestern am Bein einen Verband anlegen. Ich saß lange Zeit in einem Verbandsraum, ohne dass sich irgendjemand sehen ließ. Die Tür zum Nebenzimmer war einen Spalt offen und ich sah eine Verbandspezialistin zusammen mit einem Arzt eintreten. Das wohl für mich vorgesehene Material hielt sie in der Hand, machte aber keine Anstalten, es im nächsten Zimmer an der zu versorgenden Stelle anzubringen, stattdessen schäkerte sie inbrünstig mit dem Mediziner und ließ alle paar Minuten ein glockenhelles Lachen erklingen. Nach einer guten halben Stunde versuchte ich mit einem schüchternen „Hallo" auf meine Anwesenheit hinzudeuten, aber es ging in einem weiteren Geläute unter. Ich schaute auf meine Armbanduhr. Nur noch 20 Minuten und „Stan und Ollie" würden loslegen. Ich rutschte vom Verbandstisch, griff meinen Mantel, meine Tasche und humpelte, so schnell ich konnte, nach Hause. Die Schneekönigin war in der Zwischenzeit von der Polizei benachrichtigt worden und hatte den Erstbesten aufgescheucht. Es war der Riese, den sie erreicht hatte, und er machte sich auf den Weg in das Krankenhaus, um mich abzuholen. Als er dort eintraf, suchte man bereits die Unfallpatientin, die spurlos verschwunden war, und er rief völlig aufgelöst bei uns an. Die Aufregung hatte sich dann erst mal gelegt und das Einzige, was ich jetzt noch wollte, das waren „Stan und Ollie". Dafür hatte ich schließlich den 1,5-Kilometer-Rekord im Humpeln gebrochen. Nach der Sendung erzählte ich der Schneekönigin, dass ich sie an der Haltestelle hatte stehen sehen und unbedingt die gleiche Bahn hatte erreichen wollen, und ob sie denn beim Hinaussehen nichts von mir und dem Unglück bemerkt habe. Sie schüttelte immer wieder ablehnend den Kopf und behauptete, dass ich da wohl jemand anderen gesehen haben müsse, nie und nimmer sei sie um die besagte Uhrzeit dort eingestiegen. Als ich nicht nachließ und felsenfest beteuerte, sie gesehen zu haben, wurde sie wütend. Meine lädierten Gliedmaßen wollte sie gar nicht sehen. In der Nacht konnte ich nicht schlafen, weil es in meinem Bein heftig klopfte und es sich anfühlte, als wolle es platzen. Die fremde Vertraute neben mir schlief ruhig und ich sah immer noch ihre ausdruckslosen Augen durch das Straßenbahnfenster ins Nichts stieren.

60

Meine meistgehasste Arbeit im Büro war die Ablage. Berge von Schriftstücken mussten geordnet und dann in die jeweiligen Ordner geheftet werden. Auf meinem Schreibtisch wuchsen die zahlreichen Papiertürme in den Himmel, während meine Müdigkeit immer mehr zunahm und die Konzentration Stunde um Stunde nachließ. Der Geist trennte sich von meinem Körper und schwebte wie ein Luftballon unter der Zimmerdecke, von wo er beobachten konnte, wie die Gravitation meinen Kopf immer stärker zur Tischplatte hinzog. Kurz vor dem Aufprall war meistens der Arbeitstag vorbei und ich verließ fluchtartig den Hades der DIN-A4-Diktatur.

Es gab dann kurze Zeit später noch eine Steigerung. Der Keller des Verbands war ein einziges Chaos aus Stapeln von alten Akten, ausrangierten Büromöbeln, Bergen von Kartons voller Ansichtskarten und sonstiger loser Schriftsachen sowie verstaubtem Bürozubehör. In diesem geschmackvollen Ambiente hatten es sich Spinnen verschiedenster Gattungen und ein Rattenclan gemütlich gemacht, wobei sich die erstgenannte Spezies beim Einschalten des Lichts nicht beunruhigen ließ und sich die Vierbeiner mit leisem Pfeifen und Rascheln in irgendwelche Löcher verkrümelten. Wir Auszubildenden wurden häufiger in den Keller geschickt, um eine alte Akte herauszusuchen, was wegen der Unordnung meistens lange dauerte. Einmal kam eine Leidensgenossin von mir kreischend und zitternd zurück, ohne die gewünschte Akte, und berichtete unter Grauen, dass sie in einem Karton auf eine Ratte gestoßen sei, die nach ihr geschnappt habe. Die Chefsekretärin beschloss, dass es so nicht weitergehen könne, bestellte energisch eine Ladung Rattengift, die wir Lehrlinge sodann im Keller auszulegen hatten, und wenige Zeit später bekamen wir den Heldenauftrag, den Keller gründlich aufzuräumen. Unten angekommen, konsternierten wir einen ekeligen Geruch, kämpften uns an den Spinnen vorbei, um die Fenster zu öffnen, und fassten nach längeren Schimpftiraden einen Entschluss. Wenn man uns schon zu solch einer Strafexpedition geschickt hatte, wollten wir es uns wenigstens einigermaßen gut gehen lassen. Wir bauten uns aus alten Ordnern Sitzhocker, stellten einen großen umgestülpten Karton als Tisch in die Mitte, holten uns pausenlos Cola von oben, mit der Begründung, es staube so beim Aufräumen, sangen aktuelle Hits oder erzählten uns Witze. Die Ratten mussten wirklich alle krepiert sein, und wenn nicht, waren die letzten hartnäckigen Überlebenskünstler umgezogen, wir hörten und sahen jedenfalls nichts mehr von ihnen. Mit der Zeit wurde es etwas langweilig da unten und wir stellten die Ordner in Reihen, so dass man glauben konnte, sie seien chronologisch aufgebaut. Ich vertrieb mir die Zeit mit dem Lesen und Anschauen der Ansichtskarten, von denen ich die schönsten mit nach Hause nahm. Um uns kümmerte sich kein Mensch, bis die rechte Hand des Chefs eines Tages befand, wir müssten doch mittlerweile fertig sein, und unvermittelt im Keller auftauchte. Sie registrierte den Geruch, inspizierte aus weiter Entfernung die Aktenordner und ordnete das Ende des Manövers an. Wir klopften uns den Staub von den Klamotten, grinsten uns an und wärmten uns in den gewohnten Büroräumen wieder zur Normaltemperatur auf.

Hin und wieder gab es ein kleines Fest, zum Beispiel am Ende der großen Hundeausstellung. Es wurde großzügig Weinbrand und Likör ausgeschenkt und wir Auszubildenden langten möglichst unauffällig oft zu, bis irgendeiner der erwachsenen Kolleginnen unsere glasigen Augen auffielen und die Flaschen im verschließbaren Büroschrank verschwanden. Einmal feierte unser Chef irgendein Jubiläum oder Geburtstag im Nebenzimmer eines Restaurants mitsamt seiner ganzen Belegschaft. Meine Kollegin mit den lustigen Augen schärfte mir vorher ein, nur ganz teure Getränke zu bestellen, um ihn ordentlich zu schädigen. Wir tranken beide den ganzen Abend Weinbrand-Cola und hatten bei Aufhebung der Tafel schweren Seemannsgang. Ich verfrachtete mich in ein Taxi, um nach Hause zu kommen, während die Lockige mit der Straßenbahn fahren wollte. Der Taxifahrer sah mich dauernd argwöhnisch von der Seite an, und als ich auch noch anfing zu singen, befürchtete er das Schlimmste. Als er vor unserem Wohnhaus hielt, riss ich meinen Geldbeutel auf und mehr als eine Handvoll Kleingeld verteilte sich in seinem Wagen bis unter die Sitze. Ich kroch fluchend durch sein Taxi, um alles aufzusammeln, und seine Kommentare waren auch nicht gerade kirchentauglich. Nach erfolgreichem Abschluss der kurzen Geschäftsbeziehung zog ich mich am Treppengeländer nach oben, spazierte mit eiserner Disziplin fast schnurgeradeaus zum Schlafzimmer und ignorierte die Missbilligung der Schneekönigin vollständig.

Am nächsten Tag erfuhr ich von meiner Weinbrand-Cola-Freundin, dass ihre Heimfahrt auch nicht ganz problemlos vonstattengegangen war. Sie habe sich hinter den Fahrer der Straßenbahn gestellt und ihn unaufhörlich angelallt, er solle die Mühle doch mal schneller fahren, bis er ihr androhte, sie rauszuwerfen. Ich erzählte ihr von meinem Taxiabenteuer und wir verbrachten den ganzen Tag mit periodisch wiederkehrenden Lachanfällen, bis sie uns von ernsteren Mitarbeiterinnen streng untersagt wurden.

61

Der Winter hatte die Stadt im Griff und mein Geburtstag stand bevor. Zunächst aber wollte der Schmetterling mit dem Riesen zünftig in irgendeiner Kneipe Karneval feiern und sie wollten mich mit Erlaubnis der Schneekönigin mitnehmen. Ich suchte mir in einem Kaufhaus ein passendes Accessoire und erstand eine giftgrüne Afrolockenperücke. Am

Rosenmontag schminkte ich mich dem Anlass gemäß, setzte die Perücke auf und wartete. Ungefähr eine Stunde zu spät stürmte ein angesäuselter und verheulter Schmetterling die Treppe hoch und erklärte schluchzend, es falle alles ins Wasser, sie hätten sich gestritten, weil ihm das Kostüm, das sie für ihn gekauft hatte, nicht gefalle und er sich weigere, so auf der Straße herumzulaufen. Er wimmerte noch eine Weile, dass der Riese ihr alles verdorben habe, und stolperte dann allein davon, wahrscheinlich in die nächste Wirtschaft. Ich zog die Perücke vom Kopf, warf sie in eine Ecke und wusch mir das Gesicht. Eine knappe halbe Stunde später wankte der Riese bei uns herein. Sein Zustand stand dem des Schmetterlings in nichts nach und er beschwerte sich jammernd, dass der Schmetterling den Ehering aus dem Fenster in den Hof geschleudert habe und er außerdem noch den ihm geschenkten Kaktus zerschnitten habe. Nachdem er genug geweint hatte, torkelte er zur Tür hinaus, wahrscheinlich, um den Schmetterling in der nächsten Wirtschaft wiederzufinden und Versöhnung mit ihm zu feiern. Ich hockte mich vor den Fernseher, schaute mir lustlos mit der Schneekönigin den Kölner Karnevalszug an und auch das dritte Glas Kellergespenster konnte meine Stimmung nicht heben. Es war nicht nur der geplatzte Karneval, ein seltsames Gefühl, etwas nicht Greifbares, Bedrohliches, wie ein Grummeln des Donners in der Ferne, ein plötzliches Verdunkeln des Himmels, kroch in mir hinauf.

62

Der Aschermittwoch war mein Geburtstag und er begann wie gewöhnlich ziemlich banal. Die Schneekönigin gratulierte mir zwischen Bad und Küche und das Geschenk war später zur Feierabendzeit auszupacken. Im Büro reichte mir die Lockige stellvertretend für alle die Hand und übergab mir das Gemeinschaftsgeschenk, eine Platte von den Insterburgern, die ich mir gewünscht hatte. Mittags hatte ich frei und erwartete zur Kaffeezeit zwei Freundinnen. Ich freute mich schon auf das Abhören der Schallplatte, als es viel zu früh an der Tür klingelte und sich eine leichenblasse Freundin des Trolls in den Flur schob. Bei ihren Nachrichten ließ ich mich auf die Truhe im Flur fallen. Der Prinz. Er hatte sich allein und für immer davongemacht. Aber er war nicht auf einem Schimmel weggeritten. Er war auch nicht mit dem „deux chevaux" weggefahren. Er hatte sich einen Strick um seinen Hals gelegt und den Stuhl unter sich weggestoßen. Ich sah seine grauen Augen vor mir, als er im Krankenhaus war, und fiel ins Bodenlose. Es musste ein Irrtum sein. Er würde sicher bald die Treppe heraufkommen und mir erklären, dass sich der Troll einen ganz üblen Scherz erlaubt hatte. Er würde mich umarmen und wir gingen zusammen weg, weit weg von dem Troll. Ein Teil von mir griff nach dem Strohhalm der Hoffnung und der andere Teil ließ sich nicht täuschen. Die konfuse Freundin des Trolls ließ mich allein auf der Truhe zurück. Mein Blut schien stetig und vollständig in den kleinen zuckenden Ball in meiner Brust zu fließen, der zu Stein erstarrte. Wann würde er Risse bekommen und wäre sein Inhalt dann geronnen? Die schwarzen, bedrohlichen Schatten, von denen ich glaubte, sie auf der anderen Seite der Bahnlinie an sicheren Ketten zurückgelassen zu haben, waberten wie ein brodelnder Giftbrei die Treppe hoch, quollen durch den Türspalt und umspülten meine Füße. Ach, warum hast du mich nicht mitgenommen? Verdammt, hättest du mich nur mitgenommen.